거울
사원

거울
사원

김개영 소설

민음사

차례

관흉국 貫胸國

안

　목화밭 위로 울긋불긋한 만장이 펄럭였다. 상여와 상여꾼, 베옷을 입은 유족들, 삽과 괭이 혹은 갖가지 등짐을 진 사람들이 그 뒤를 따랐다. 상여는 난바다 위에 떠 있는 한 척의 목선처럼 출렁였다. 저 행렬은 어디에서 와서 어디로 향하는 걸까, 연은 문득 궁금증이 일었다. 반경 10킬로미터 이내에는 이렇다 할 마을이 없었다. 중국인들의 공간 관념이 아무리 크다지만 저렇게 긴 행렬을 끌고 이

곳까지 왔다는 사실이 도무지 실감이 되지 않았다. 더구나 행렬은 어딘지 모를 지평선 너머로 향하고 있지 않은가. 착시 현상이 아닐까 연은 생각했다. 이 평원에서는 가끔 사막에서나 있을 법한 신기루가 일어났다. 산이나 바다, 심지어는 마천루가 즐비한 도시의 형상이 펼쳐지곤 했다.

연은 한국에서조차 보기 힘들어진 상여 행렬을 사회주의 공화국인 중국에서 보게 되리라고는 전혀 생각지 못했다. 더구나 이곳에서 북경까지는 자동차로 불과 세 시간 거리였다. 중국학을 전공한 연으로서는 소수민족 자치주도 아닌 이곳에 아직도 옛 유습이 남아 있다는 사실이 언뜻 이해가 되지 않았다. 문화혁명과 현대화를 거치면서 사라져야 했을 것이었다.

가을에 접어들면서 목화는 쉼 없이 꽃잎을 밀어내고 그 자리에 열매를 맺었다. 열매가 투드득, 하고 옷감 찢어지는 소리를 내며 하얀 솜을 내밀기 시작할 즈음, 평원은 온통 흰색이 되었다. 구름과 같은, 아늑하거나 포근한 풍경은 아니었다. 그것은 마치 거친 소금으로 된 사막 같았다. 목화꽃이 지고 열매를 맺는 동안 연은 한 번도 학교를 벗어난

적이 없었다. 신입 교원 환영식이 열린 학기 초, 인근의 소도시에 나가 본 것이 전부였다. 목화밭 위의 학교는 견고한 성을 연상시켰다. 웬만한 성벽 높이의 붉은색 담이 학교를 감쌌다. 학교 앞으로는 4차선 도로가 지났다. 도로는 한국 기업이 투자한 면화 공장 단지로 이어졌다. 하북성 당국은 '아리랑로'라는 도로 이름을 지어 주었다. 출퇴근 시간에는 수천 명의 공원들이 자전거나 오토바이를 타고 도로 위를 지났다. 그들은 떼 지어 다니는 유목민처럼 저편 지평선에서 나타났다가 반대편 지평선으로 사라졌다. 주로 화물차가 다니는 길이었지만 가끔은 양 떼가 도로를 점령했고, 당나귀가 끄는 마차가 지나다녔다.

상여 행렬은 거대한 먹이를 삼킨 뱀처럼 느릿느릿 목화밭을 가로지르며 멀어졌다. 운동장 안은 조용하다 못해 적막했다. 담벼락을 뒤로하고 서 있는 미루나무의 잎들이 파충류의 비늘처럼 햇빛에 번득였다. 학교는 다섯 동의 교사(校舍)로 이루어져 있었다. 5층짜리 두 동은 각각 중국 학생과 한국 학생이 사용했고 4층짜리 두 건물은 학생 기숙사로 쓰였다. 담의 정면과 왼쪽 담을 타고 길게 늘어진 ㄱ자 모양의 3층 건물에는 교직원 숙소와 식당이 자리했다.

한국의 어학원에서 근무하던 연은 4개월 전 중국어 교사 자격으로 이곳에 왔다. 채용 담당자는 학교 사정을 충분히 설명했다. 이곳에 다니는 한국인 학생들은 한국에서 퇴학을 당했거나, 부모가 이혼을 하면서 유학을 오게 된 경우가 대부분이라고. 한국 국제 학교라는 타이틀을 걸고 있었지만 실은 저렴한 비용으로 이들을 관리해 주는 것에 지나지 않는다고 말했다. 또 하나, 젊은 사람이 지내기에는 매우 무료한 곳이라고. 솔직히 말하자면 학교가 아니라 감옥과 같은 곳이라고. 담당자는 그래도 근무할 수 있겠느냐고 물었다. 연은 오히려 그 조건이 마음에 든다고, 그렇잖아도 스스로를 가둬 둘 곳이 필요했던 참이라고 말하고 싶었다. 그러나 면접이라는 형식에서 그런 말이 불필요하다는 사실을 연은 잘 알고 있었다. 대신 연봉은 국내보다는 나을 겁니다. 담당자는 시선을 거두며 말했다. 어쨌든, 그 학교의 많은 아이들이 정신적으로 불구 상태에 놓여 있다는 것도 알아 두셔야 합니다. 그는 서류 뭉치를 세로로 세워 책상 위에 탁탁 내리

치며 덧붙였다. 불구 상태. 연의 가슴께 어딘가가
아득한 허공 속으로 무너져 내렸다.

밖

— 저에겐 춤을 추고 있는 것처럼 보이던걸요.

당신이 나를 처음 만났던 날 그렇게 말했지. 내
몸짓, 잠시도 가만있지 못하고 몸이 뒤틀리고 머리
가 꺾어지며 사지가 솟구치는 내 불구의 몸을 두고
한 말이었어. 만삭의 달이 도시를 비추던 그 날,
나는 벤치 위에 앉아 있었어. 자정이 되면 아파트
공원에 나가곤 했어. 어두운 밤, 사람들의 눈을 피
해 산책하는 것이 나의 오랜 습관이었거든. 사실
그날처럼 달빛이 환한 날은 집에서 잘 나오지 않았
어. 나의 의지와는 다르게 움직이는 몸, 그 안에 깃
든 괴물의 광란을 눈으로 확인하는 것은 여간 고역
이 아니었어. 달빛이 만든 내 그림자는 더 또렷했
고 그래서 더 괴이하게 느껴졌기 때문이야.

괜찮냐는 목소리가 들려왔어. 달빛 아래 당신의
얼굴이 환하게 드러났지. 평소 같으면 격렬하게 꿈

틀거렸을 내 몸이 마치 잘 길들여진 강아지처럼 얌
전해져 있었지. 그런 고요한 모습이 당신에게는 이
상하게 보였을지 몰라. 더구나 밝은 달빛 탓에 당
신은 내 모습을 더 잘 볼 수 있었겠고. 나는 당신
을 알고 있었어. 자정 즈음, 학원 강의를 마치고 귀
가하는 모습을 이 벤치에서 바라보곤 했지. 당신도
내 존재에 대해서는 잘 알고 있었을 거야. 내 모습
은 어디를 가나 잘 눈에 띄었으니까. 나는 당신의
출현을 경계하지도 반기지도 않았어. 그냥 모른 체
하고 싶었지. 20대 후반쯤 되었을까. 당신의 이목
구비는 뚜렷했고 큰 눈망울은 선하고 총명한 기운
을 발산하고 있었어. 갈색의 선연한 눈동자. 계속
바라보고 있다가는 그 웅숭깊은 동공이 확 닫힐
것만 같았어. 무슨 일 때문이냐고 내가 물었지. 내
가 입을 열자 당신은 흠칫 놀란 표정으로 말했어.
축 늘어져 있는 내 모습을 보고 불길한 느낌이 들
어 뛰어왔다고 했지. 평소의 모습이 아니어서 놀랐
다고 당신은 말했어. 내 안에서 날뛰던 괴물을 두
고 말하는 거였지. 벌써 세 병째 마시던 참이라고,
그래서 괴물이 잠들어 있다고, 나는 빨대가 꽂혀
있는 소주병을 들어 보였어. 잠시 그렇게 몸이 고

요한 상태가 되었지. 알코올 성분이 뇌의 어딘가를 마비시켜 몸 전체를 잠들어 있는 상태로 만들었던 거야. 당신은 잠시 앉아도 되겠냐고 묻고는 내 옆에 바투 앉았어. 금방 샤워를 마쳤는지 허브 향의 샴푸 냄새가 풍겨 왔어. 거기에는 여자의 냄새가 섞여 있었지. 참 오랜만에 맡아 보는 냄새였어. 왜 소주를 빨대로 마시냐고, 그러다간 더 취하는 법이라고, 당신이 말했어. 빨대가 없으면 소주로 샤워부터 하게 될 거라고 내가 말했지. 잠시 말의 의미를 가늠하던 당신이 웃음을 터트렸어. 달빛이 당신 웃음소리에 유리창처럼 와르르 깨져 내렸지.

당신 나이는 나보다 네 살 많은 스물아홉, 이름은 연이라고 했지. 양연. 중국 사람의 이름처럼 들린다고 내가 말했어. 당신은 조부모가 산동 출신의 화교라고 답했지. 그러곤 또렷한 중국어 발음으로 '리양옌'이라고 발음을 해 주었지. 나는 조용히 리양옌이라고 따라서 읊어 보았어. 당신은 성조가 틀렸다며 다시 당신 이름을 반복해서 들려주었어. '리양'이라 발음할 때는 바닥을 찍고 올라오는 듯했고 '옌'이라 할 때는 다시 바닥으로 사정없이 내리꽂는 듯 들렸지. 중국어에서는 음절마다 네 가지의

음이 따라 붙는 사성이 발음만큼이나 중요하다고 당신은 설명했지. 중국어는 일종의 노래거든요, 라고 당신이 말했어. 그럼 중국인들은 욕할 때나 화낼 때도 노래를 부르는 셈인가요? 하고 되묻자 당신은 고른 이를 내보이며 웃었어.

안

아이의 빈자리가 눈에 들어왔다. 연의 가슴 언저리에 바람이 머물다 지나가는 듯했다. 아침 교무실로 출근했을 때, 선생들의 시선이 일제히 연에게 꽂혔다. 아이가 도망쳤다는 것이다. 아이는 연이 담임으로 맡고 있는 학생이었다. 훈육 교사의 말에 의하면 경비원이 한눈을 파는 사이 정문을 빠져나갔다고 했다. 마침 지나가던 트럭을 잡아 타고 사라졌다는 것이다. 아이가 꺾어다 준 목화솜이 연의 책상 위에 놓여 있었다. 아이는 깊은 눈망울 때문에 표정에 우수가 서려 있었지만 한편으론 짙은 눈썹과 오뚝한 코로 인해 강인한 이미지를 풍겼다. 연을 잘 따랐지만 어딘가 연의 마음을 불편하게 만드는 구석이 있었다. 처음 대면했을 때부터 아이는 불어난 강물 한가운데 서 있는 나무처럼 위태롭게 보였다. 미세한 전류에 감전이라도 된 듯, 눈동자가 끊임없이 흔들렸다. 자기 안에 도사리고 있는 어떤 힘을 간신히 억누르고 있는 듯한 느낌이었다.

　─여기 있을 때도 걔가 몇 번이나 그랬어요. 한 번은 배를 타고 섬까지 다녀오기까지 했다니까요. 기다려 보세요. 돌아올 거예요.

　전화기 너머 아이 어머니 목소리는 담담했다. 자식에 대한 신뢰인지 아니면 무관심인지 연은 헷갈렸다. 전에도 수업 중 갑자기 밖에 나갔다가 오밤중이 되어 돌아온 적이 있었다. 어느 정도 중국어는 하는 편이었지만 아직은 열여덟 살에 불과한 학생 신분이었다. 더구나 이곳은 외국이었다. 개학을 맞아 학교를 방문한 아이 어머니는 제 자식을 남의 아이 대하듯 말했다. 아이에게는 신기(神氣)가 있다고 했다. 그것 때문에 가끔 간질 증상이 일어난다고 했다. 나라 밖으로 보내야 그 기운을 누를 수 있다는 말에 이곳으로 보내게 되었다고. 걔가 시도 때도 없이 '아는 소리'를 하고 남들 눈도 있고 해서……. 아이 어머니는 말끝을 흐렸다.

— 선생님 가슴은 뚫려 있어요. 숭숭 바람이 들락거려요.

아이가 언젠가 느닷없이 연에게 한 말이었다. 그 말을 듣는 순간 연은 섬뜩했다. 아이 어머니가 말한 '아는 소리[占辭]'인 듯했다. 영혼은 바람, 정신은 굴러가는 바위, 사랑은 저녁의 폭풍, 이별은 밤의 빛, 분노는 코를 씩씩거림. 아이의 중국어 교재 한편에 의미를 알 수 없는 낙서들이 씌어 있기도 했다. 로드니 선생이 가르쳐 준, 아프리카 어느 부족의 말이라고 했다. 로드니는 케냐 출신 흑인으로 영어 과목을 맡고 있었다. 록 마니아이자 만능 스포츠맨이라 학생들에게 인기가 많았다.

연이 아이를 마지막으로 본 것은 어제 저녁 시간이었다. 동료와 함께 교직원 식당을 나섰을 때, 학생들이 웅성거리는 소리가 들려왔다. 학생들 사이를 비집고 들어가자 제법 커다란, 검은 색깔의 뱀이 꿈틀거리고 있었다. 로드니가 앉아 나뭇가지를 들어 뱀의 상태를 살폈다. 탈진한 듯 뱀의 움직임은 둔했다. 한창 껍질이 벗겨지는 중이었다. 로드니는 주문을 외듯 입술을 움직였는데 뭔가 대화를 나누는 것 같아 보였다. 뱀은 로드니의 나뭇가지를 따라 천천히 몸을 움직였다. 신기하다는 듯 학생들이 와, 하고 낮은 감탄 소리를 냈다.

그때였다. 삽을 든 중국 학생이 다가가 뱀의 몸통 한가운데를 내리쳤다. 붉은 피가 시멘트 바닥을 적셨다. 내장이 튀어 나온 뱀이 맹렬하게 몸을 뒤틀었다. 여학생들의 비명소리가 날카롭게 공중을 떠다녔다. 중국 학생들이 웃고 있었다. 그때 아이가 삽을 든 중국 학생의 멱살을 잡았다. 둘은 이내 주먹다짐을 벌였다. 피투성이로 꿈틀대는 뱀 옆에서 두 학생이 뒹굴었다. 그러자 양국 학생들이 너 나 할 것 없이 엉겨 붙었다. 로드니가 말려 보았지만 역부족이었다. 연이 훈육 교사를 데리고 왔을 때야 싸움은 겨우 끝이 났다.

쉬는 시간을 알리는 종이 울렸다. 자율 학습 중이던 아이들이 일제히 걸상을 밀며 일어섰다. 한국 학교와는 달리 인사 따위는 없었다. 출석부를 챙겨 문을 나섰을 때, 로드니가 한 학생에게 헤드록을 걸고 있었다. 다른 한 명의 학생은 로드니의 등에 매달렸다. 학생들과 로드니의 웃음소리가 복도를 울렸다. 연과 눈이 마주치자 로드니는 학생에게서 헤드록을 풀었다. 오케이, 유어 갓 잇! 로드니가 하얗고 고른 치아를 내보이며 학생들에게 엄지손가락을 내밀었다. 학생들은 차례로 로드니와 주먹을 가볍게 부딪는, 힙합식 인사를 하고 돌아섰다. 연이 걸음을 옮기려 하자 로드니가 그 앞에 버틴 채 움직이지 않았다. 넓은 이마와 짙은 눈썹, 굵은 콧날에서 마사이족 특유의 남성스러움과 강인함이 드러났다. 국비 유학생이었던 그는 중국어도 능통했다. 주중에는 이 학교에서, 주말에는 북경에서 생활했다. 다른 중국인이나 조선족과는 달리 한국 선생들과도 원만한 관계를 유지했다. 먼저 가라고 양보를 하려는 건지, 아니면 뭔가 하고 싶은 말이 있는 건지 알 수 없었다. 유난히 검고 두꺼운 피부가 표정을 삼켜 버렸기 때문이었다. 여전히 얼굴에 장난기가 가득하다는 것만은 알 수 있었다. 흰 셔츠와의 배색 때문인지 로드니의 피부는 더 검게 보였다.

　—곧 주말인데, 이번에도 학교에 남을 건가?

　로드니가 중국어로 물었다. 가까운 친구를 대하는 듯한 말투였다. 처음에는 그런 식의 말투가 거북했지만 특유의 친화력 때문인지 어느새 익숙해졌다. 연은 그렇다고 고개를 끄덕였다.

─ 베이징에 한번 안 가? 당신은 그곳에서 학교도 다녔다며? 그렇지 않아?

로드니는 주말에 외국인 유흥가인 산리툰에서 디제이를 보았다. 몇몇 젊은 교사들은 그가 일하는 클럽에서 주말 밤을 보내곤 했다.

─ 학생들이 당신을 뭐라고 부르는 줄 알아?

쭈왕(蛛网). '거미줄'이라는 뜻이었다. 연도 잘 알고 있었다. 오랫동안 남자 없이 지내는 여자를 놀리는 외설적인 단어였다. 얼굴이 화끈거렸다. 아무리 친근한 동료라도 남자에게서 그런 말은 듣고 싶지 않았다. 연은 고개를 숙인 채 교무실 쪽으로 몸을 틀었다. 로드니가 다시 연의 앞을 막았다. 셔츠 사이로 가슴 근육이 씰룩였다.

─ 그따위 죽은 사람 생각은 집어치우라고.

로드니는 머리를 숙여 연의 귀에 대고 속삭였다. 흑인 특유의 체취가 연의 콧속 섬모를 일으켜 세웠다. 순간 뇌세포 하나하나에 연기 같은 것이 스며드는 듯 눈앞이 하얘졌다. 어떻게 알고 있을까, 연은 소름이 돋았다. 왠지 로드니 앞에 서면 자신이 바코드처럼 읽혀지고 있다는 생각이 들었다. 연은 몸을 돌려, 교무실의 반대 방향인 화장실로 향했다. 교재를 세면대 한쪽에 얹어 놓고 거울을 보았다. 하얗게 질린 얼굴이 거울 위에 떠 있었다.

밖

그날 있었던 공연은 엉망이었어. 관객들은 눈물까지 흘리며 박수를 쳐 댔지만 그 눈물이 연민과 동정에 불과하다는 것을 나는 잘 알고 있었어. 그날은 유난히 관객들이 많이 몰려들어서 계단은 물론이고 좌석 뒤편까지 임시 의자를 갖다 놓아야 했지. 며칠 전 내 일상의 모습이 티브이 방송을 탔기 때문이야. 방송은 공연보다는 내가 시설 출신에다가 뇌성마비 장애인이라는 사실을 부각했어. 속옷 차림의 몸에 먹물을 뿌리고 흰 종이 위에서 절규하듯 몸을 뒹구는 퍼포먼스는 예술이라기보다는 기이한 볼거리였지.

내 공연은 달처럼 흰 구멍 밖으로 살짝 발을 내미는 것으로 시작했어. 서서히 알몸을 드러내면서 하얀 구멍 밑으로 설치된 계단을 밟고 내려왔지. 그하얀 구멍은 달과 자궁을 상징했어. 그것은 삶과 죽음, 죽음과 삶의 통로였지. 계단을 마저 내려와, 터질 듯 밝은 조명 아래에 섰어. 사방으로 뻗어 가려는 육신을 간신이 붙든 채 말이야. 이내 내 몸을 제멋대로 놔두었어. 자꾸 뒤로 꺾어지는 머리와 잠시도 가만있지 못하는 사지. 나도 모르게 흘러내리는 침. 희번덕거리는 눈동자. 잔뜩 호기심에 찬 표정을 짓고 있던 관객은 막상 내 모습을 맞닥뜨리자 외계 생명체를 대하듯 했지. 어떤 사람은 악, 하고 벌린 입을 다물지 못했어. 그때였나? 아이의 경기 섞인 울음소리가 들려왔어. 두려움을 숨기지 않은 소리였어. 아이의 울음은 순식간에 전염이 되었어. 아이들은 있는 그대로, 아주 정직하게 반응하고 있었던 거야. 아이의 울음을 멈추게 하려는 엄마와 어서 데리고 나가라는 다른 관객의 목소리가 뒤섞여 공연장은 소란해졌지. 공연을 잠시 중단하겠다는 연출가의 사인이 있었지만 나는 모른 척했어.

온몸에 먹물을 쏟아 붓고 정신없이 흰 종이 위를 뒹굴었어. 숨을 헐떡이고 있는 내 옆에는 한 편의 먹그림이 완성되었어. 그것은 함부로 벗어 놓은 뱀의 허물처럼 보였지. 그 어떤 형상도 경계도 없는 하얀 공간 위에 남겨진 검은 욕망. 그것은 삶의 흔적이자 죽음의 흔적이었어. 기형의 몸으로 표현하는 불구의 언어인 동시에 분노의 언어. 그러나 세상에게 보내는 소통의 메시지, 라고 나는 말했어. 거의 종성이 사라진, 마치 굴곡이 심한 산등성이를 겨우 오르내리는 듯한 말이었어. 나는 말하면서도 끊임없이 팔을 비틀고 다리를 꼬며 고개를 뒤로 꺾었지. 관객들은 눈물을 흘리며 박수를 쳤어. 그때 무대 위로 케이크 하나가 올라오고 생일 축하 노래가 흘러나왔지. 연출가와 스탭들이 나를 위해 준비해 준 거였어. 관객석의 박수 소리는 더 커졌지만 이미 상한 기분을 감출 만큼 나는 뻔뻔하지 못했어. 촛불을 끄는 둥 마는 둥 하고, 계단을 올라 흰 구멍 속으로 사라졌지.

그래, 그날은 내 생일이었어. 동시에 내 어머니의 기일이기도 했지. 내가 들이마신 첫 호흡은 세상의 공기가 아닌 어머니의 양수였어. 자궁이 열리는 순간 의료진의 얼굴이 하얗게 질렸다지. 아이가 거꾸로 나오고 있었던 거야. 아이는 살포시 발부터 내밀었어. 마치 지구를 찾아온 외계인이 지상에 첫발을 내밀듯이. 그런데 세상의 공기를 쮠 발은 화들짝 놀라 다시 들어갔어. 세상을 넘는 문턱에서 빛조차 거부한 채 아이는 다시 제 우주로 돌아가려 한 거지.

제왕절개 수술로 꺼내진 아이는 이미 심장이 멈춰 있었어. 어머니는 숨이 끊어진 아이를 하룻밤만 안고 자게 해 달라고 애원했어. 의료진과 가족 들은 차마 그 말을 거절할 수 없었어. 그런데 아이는 어미의 품에 안긴 지 서너 시간이 지날 즈음 숨을 쉬기 시작한 거야. 의료진은 기적이라고 했고 몇몇 사람들은 저마다 자신의 신을 부르며 환호했어. 하지만 아이의 생명은 어머니의 삶과 맞바꾼 것에 불과했어. 곧이어 어머니는 의식불명 상태로 빠져들었거든. 그리고 얼마 안 돼, 숨을 거뒀어.

내가 이야기를 마쳤을 때, 왜 그렇게 세상에 나오고 싶지 않았느냐고 당신이 물었어. 그것도 거꾸로, 혹시 이 세상이 두려웠던 것은 아니냐고. 나는 쿡, 웃으며 말했지. 자궁 밖으로 발을 내밀었을 때 실은 세상이 너무 차가웠다고, 벌거벗은 채 나올 엄두가 나지 않았다고. 우리는 서로의 얼굴을 보며 큰 소리로 웃었어.

안

중국 학생들은 오성홍기에 경례를 붙인 채, 행진
곡풍의 의용군 진군가를 따라 불렀다. 한국 학생
들은 관심 없다는 듯 잡담을 나누거나 서로 장난
을 쳤다. 중국 국가가 끝나자 애국가가 울려 퍼졌
다. 짐짓 엄숙해진 표정으로 한국 학생들은 태극기
를 바라보며 애국가를 불렀다. 이번엔 중국 학생들
쪽이 소란스러워졌다. 연은 그 어느 쪽에도 경의를
표하지 않았다. 토요일 아침은 양국 학생들의 합동
조회가 있는 날이었다. 조회가 끝나고 나면 중국
학생들은 집으로, 한국 학생들은 천진이나 북경으
로 외출을 나갔다. 당직 업무가 없는 교사들도 대
부분 외박을 했다.

아이는 이틀이 지나도 소식이 없었다. 아이가 사
라진 날 훈육 교사 한 명이 북경으로 향했다. 아
이가 잡아 탄 트럭이 북경 번호판을 달고 있었다
는 경비원 말을 듣고서였다. 그러나 그 트럭이 북경
으로 향했는지 아니면 다른 도시로 향했는지는 알
수 없었다. 아이가 북경에 있다고 하더라도 그 넓
은 도시에서 아이를 찾기란 거의 불가능한 일일 것

이다.

— 헤이, 녀석의 문제라면 그런 심각한 표정은 거둬 줬으면 하는데.

고개를 들자 햇빛 아래 검은 그림자가 우뚝 서 있었다. 로드니가 하얗고 고른 치아를 드러내며 영어로 말했다. 아이의 행방을 알고 있는 듯한 말투였다.

— 당신만 알고 있어. 녀석에게 북경에 있는 내 집 열쇠를 줬지.

연은 안도의 한숨을 쉬었다.

— 녀석이야말로 자유와 해방이 뭔지 아는 놈이지. 이곳은 지옥이야. 난 솔직히 아이보다 이 학교를 만든 사람들과 아이들을 가르친다는 너희 선생들이 문제라고 봐. 아이를 무슨 우리에 가둬 넣어야 할 괴물로 여기고 있잖아. 우리 케냐에서는 말이야, 초원을 볼 수 없을 정도로 저렇게 높은 벽 따위는 쌓지 않아. 우리 부족에도 녀석 같은 이가 있었어. 그는 사냥을 배우지 않고 활과 창을 다루지 않았어. 그는 아무것도 배우지 않았지. 그래도 그는 모든 것을 알고 있었어. 그는 하늘과 땅의 모든 생명 있는 것들은 물론이고 죽은 자와도 대화를

나누지. 그들 모두에게 자신의 몸을 빌려주곤 해. 그는 킬리만자로가 되기도 하고 위대한 전사가 되었다가 적장의 원혼이 되지. 때로는 바람과 비 혹은 우리들이 잡아먹은 물소와 양이 되기도 해. 그의 영혼은 몸에 갇혀 있지 않아. 우리 부족은 그를 축복하고 존경해. 그런데 너희는 뭐지? 그 아이 안에 있는 힘을 괴물처럼 여기고 있잖아.

로드니는 연이 알아듣도록 중국어로 말했다. 로드니의 중국어는 어떤 시이거나 노래처럼 들렸다. 어린 로드니가 뛰어 놀았을 법한 초원과 그 너머 킬리만자로의 만년설 같은 것이 함께 떠올랐다. 세상 만물에게 몸을 빌려준다는 '그'가 로드니 그 자신일지 모른다는 생각도 들었다. 마침 대형 버스 다섯 대가 교문으로 들어오고 있었다. 학생들과 교직원들을 태우고 각각 북경과 천진으로 향할 버스였다.

밖

그 후로 우리는 자주 만났지. 함께 남산 공원을

오르기도 했고 심야 영화를 보기도 했어. 가끔은
술을 마셨어. 괴물을 잠재운 뒤, 어둠 속에서 환하
게 드러나는 내 얼굴이 마치 저주에서 풀려난 개
구리 왕자처럼 근사해 보인다고 했지. 당신이 그렇
게 말할 때마다 내 가슴은 뛰었어. 언제부터였을
까. 아파트 주민들이 당신과 내가 함께 있는 모습
을 불편한 시선으로 보기 시작한 게. 그들은 자신
들의 일이 아닌데도 불구하고 당신과 나의 만남을
못마땅하게 여겼어. 아니 부당하다고 느끼는 것 같
았어. 당신같이 젊고 아름다운 여자가 나 같은 놈
과 같이 있는 걸 그들은 모욕으로 받아들였을지
몰라. 하긴 뇌병변장애인과 일반인의 연애라는 것
은 삼류 영화에서나 가능한 것이겠지.

　　당신과 함께 동물원에 간 적이 있었지. 기억나?
엉덩이가 빨갛게 부풀대로 부풀어 있던 암컷 원숭
이 말이야. 그 원숭이가 철창 사이로 내게 엉덩이
를 들이밀었지. 지나가는 사람들이 마구 웃어 댔
어. 마치 나 같은 종류의 인간은 원숭이나 다를 바
없다는 듯 말이야. 아파트 사람들의 나를 바라보는
시선도 그와 다르지 않았을 거야. 당신 부모가 찾
아와 정중히 그만 만날 것을 요구한 다음부터 나

는 당신을 피했어. 공원에도 나가지 않았지.

그러던 어느 날 당신은 내 작은 아파트로 찾아왔어. 마침 나는 소주를 마시며 내 안의 괴물을 잠재우려던 참이었어. 나는 문을 열지 않았어. 그런데 당신이 말했어. 사랑하는 것 같다고, 사랑인 것 같다고. 나는 내 귀를 의심했지만 분명 당신은 그렇게 말하고 있었어. 순간 나는 두려움에 휩싸였어. 행복이나 충만이 아니라 절망감 같은 것이 내안에서 출렁였지. 뭔가 알 수 없는 파국이, 감당할수 없는 행운의 얼굴을 하고 쓰나미처럼 들이닥치는 기분이었어.

나는 끝내 문을 열어 주었어. 당신과 함께 소파에 앉았을 때, 뼈마디가 튀어나올 듯 격렬하게 꿈틀거리던 내 몸은 완전히 고요해졌어. 갑자기 배터리가 나간 자동인형처럼 축 늘어졌지. 얼마가 지났을까. 팔과 다리에 조금 힘이 붙기 시작했지. 마치 마법의 약물인 양 소주를 조금씩 들이킬 때마다 나는 내 몸의 주인이 되어 갔지만 그럴수록 나는 절망감에 사로잡혀 갔어.

─혹 관흉국(貫胸國)이라는 나라를 들어 본 적있어요?

오랜 침묵 끝에 당신이 겨우 입을 떼었지. 중국 신화에 나오는 나라 이름이라고. 그 나라 사람들은 가슴이 뚫려 있어서 그 사이로 바람이 통과한다고 했지. 어른들이 아이를 안을 때는 가슴 안으로 팔을 넣어 들어 올렸고 윗사람은 아랫사람들로 하여금 대나무로 가슴을 꿰어 들고 다니게 했다고. 나는 피식 웃음을 흘렸어. 생각 같아서는 크게 소리 내어 웃고 싶었지만 당신 목소리 어딘가 물기에 젖어 있어서 그만 두었지. 당신은 말을 이었어. 그 나라 사람들은 지독한 슬픔 때문에 휑한 마음을 안고 사는 거라고, 마음속에 온통 공허를 안고 사는 사람들이라고.

당신은 입술을 가만히 내 입술에 갖다 대었어. 벌어진 내 입속으로 당신 혀가 들어왔어. 처음 내 혀는 오랫동안 겨울잠을 자다 놀란 냉혈동물처럼 어리둥절해했지. 당신 혀가 내 혀를 부드럽게 감싸 안았어. 내 혀가 비로소 온기를 찾은 듯 천천히 움직이기 시작했어. 그러고는 맹렬한 움직임으로 당신 혀뿌리를 파고들었어. 그대로 소파에 누워 옷을 벗었어.

그 순간 발작적으로 내 머리가 뒤로 꺾였어. 온

몸이 오그라드는가 싶더니 격렬하게 사지가 뒤틀렸어. 술기운이 사라지자 괴물이 깨어난 거야. 괴물은 온몸으로 당신을 밀어내려 했어. 내 입에서 침이 흘러내렸고 눈은 희번덕거렸지. 죽음의 춤이라도 추듯 괴물은 내 몸 안에서 마구 날뛰었어. 그 와중에도 내 눈엔 당신의 일그러지는 얼굴이 뚜렷이 보였지. 당신의 눈은 뭐랄까, 어떤 실체를 확인하는 것 같았어.

당신과 나의 거리, 당신과 나의 경계, 당신과 나의 벽.

당신은 그 모든 것을 한꺼번에 깨닫고 있는 것 같았어. 당신은 천천히 내 몸에서 내려왔어. 나는 세상에 저주라도 퍼붓듯 술, 제발 술을 달라고 외쳤지만 당신은 외면했어. 옷을 찾아 입은 당신은 내 몸짓을 한참 동안 바라봤어. 근육 없는 팔다리는 마른 나뭇가지처럼 금방이라도 부러질 듯 했겠지. 발기된 성기는 또 다른 괴물처럼 느껴졌을 거야. 솟구쳐 오른 성기는 저만이라도 내 몸에서 떨어져 나가 기어코 당신 안으로 들어가려는 기세였지. 그것은 내 감정과는 별개로 저 홀로 분노하고 저 홀로 절망했어.

우리는 한참을 어둠 속에 앉아 있었어. 내 괴물은 여전히 당신을 어서 내보내라고 아우성쳤지. 당신은 그만 가 보겠다고 했어. 나는 당신의 손을 잡았어. 라…… 아아아…… 머어어언, 나는 짐승 같은 울부짖음으로 당신에게 라면을 먹고 가라고 했어. 그 간절한 눈빛마저 외면할 수 없었는지 당신은 고개를 끄덕였지. 나는 온몸으로 라면을 끓였어. 당신이 돕겠다고 했지만 나는 온전히 나만의 힘으로 끓인 라면을 대접하고 싶었어. 정수기에서 물을 받는 것부터 라면 봉지를 뜯는 것까지 일 하나하나가 내겐 쉬운 일이 아니었지. 당신에겐 너무도 간단한 것들이 나에겐 고난이었고 최선이었으며 오롯한 견딤이었어. 물이 바닥에 떨어지고 라면 스프가 가스레인지 위로 쏟아지기도 했지. 냄비 안에 들어간 달걀 껍데기를 꺼낼 때는 약 올리듯 내 안의 괴물은 더욱 날뛰었어. 당신은 마치 나의 마지막 공연을 지켜보듯 숨죽이고 있었지.

라면은 한참 뒤에야 완성됐어. 라면이 담긴 뜨거운 냄비를 식탁으로 옮기는 일도 내 힘으로 했지. 나는 당신에게 젓가락을 넘겨주었어. 당신은 라면 면발을 입에 넣었어. 그러면서 눈물을 왈칵 쏟았지. 라면과 함께 울음을 꾸역꾸역 삼켰어.

안

교직원 숙사에 들어서자 록 음악이 크게 들려왔다. 모두 외박을 나간 뒤라 사람이 있을 리 없었다. 복도 한편에서 불빛이 새어 나왔다. 로드니의 방이었다. 며칠 전, 연이 북경에 가지 않으면 자신도 남겠다는 말이 빈말이 아닌 모양이었다. 연은 로드니의 알 듯 모를 듯한 미소가 떠올랐다. 방문은 반정도 열려 있었지만 방 안엔 아무도 없었다. 여기저기 맥주 캔이 널브러져 있을 뿐이었다.

연은 열쇠를 꽂아 자신의 방문을 열었다. 불을 켜지 않았지만 방 안은 환했다. 창 너머에서 빛이 쏟아졌다. 엘이디 불빛으로 빛나는 학교의 로고 때문일 것이다. 연은 외투를 침대 위에 벗어 놓고 빛이 쏟아지는 창문가로 다가갔다. 창밖을 보자 그 아래 아이가 있었다. 냇가의 바윗돌에 앉아 고개를 뒤로 한 채 달빛을 맞고 있었다. 눈을 감고 밤의 기운을 호흡하듯 숨을 깊게 들이쉬었다가 내뱉었다. 아이는 연의 시선을 느꼈는지 고개를 들어 이쪽을 바라봤다. 연은 흠칫 뒷걸음을 쳤지만 아이의 시선에서 벗어날 수는 없었다.

연이 창을 열고 손나팔을 만들어 아이를 부르려는 순간, 갑자기 아이가 자리에 주저앉았다. 간질 증상이 찾아온 듯했다. 그러곤 몸을 비틀고 눈을 희번덕거렸다. 온몸이 오그라들다가 격렬하게 사지가 뒤틀렸다. 자꾸 뒤로 꺾어지는 머리와 잠시도 가만있지 못하는 얼굴 근육, 저도 모르게 흘러내리는 침. 연은 그 모습을 경악 속에서 바라보았다. 연은 옷을 챙겨 입고 방을 나왔다. 정문을 지키고 있는 경비원과 함께 냇가로 향했다. 그곳에는 아무도 없었다. 환하게 빛나야 할 학교 로고는 꺼져 있었다. 주말에는 학교 로고에 불이 들어오지 않는다는 사실을 그때야 깨달았다. 중국인 경비원은 어이가 없다는 표정을 지으며 발길을 돌렸다. 달 밝은 날 목화밭을 오래 보고 있으면 헛것이 보인다는 말을 덧붙였다. 경비원이 돌아간 후에도 연은 목화밭 한가운데에서 한참을 서 있었다.

밖

학교로부터 얼마나 멀어졌을까. 당신은 목화밭 한가운데에 서 있었어. 주위가 온통 순백으로 빛나고 있다는 걸 깨달았지. 하늘 한가운데에는 휘황한 보름달이 떠 있었어. 달빛을 머금은 목화솜은 하나하나가 작은 알전구처럼 빛났지. 세상의 끝이 있다면 아마도 이런 곳이지 않을까, 당신은 생각했지. 어디선가 사람들의 웅성거리는 소리가 들려왔어. 상여 행렬이었지. 상여꾼들은 상여를 어깨에 메지 않았어. 상여를 떠받치는 막대기가 상여꾼들의 가슴에 꿰여 있었지. 뒤를 따르는 사람들의 가슴에도 구멍이 나 있었어. 그들은 슬퍼하거나 낙담하는 기색 없이, 유쾌하게 웃음을 흘렸어. 가슴에 뚫린 구멍에서는 목관 악기 소리가 흘러나오는 듯했어.

당신의 하얀 몸에 검은 그림자가 스며들고 있었어. 평원의 검은 뱀이었지. 영혼은 바람, 사랑은 저녁의 폭풍, 이별은 밤의 빛. 검은 뱀이 당신을 휘감은 채 낮게 읊조렸어. 서늘한 기운이 당신의 온 몸에 퍼졌지. 나는 그 뱀에게로 깃들었어. 먹물이 빠지듯 당신의 몸으로부터 검은 그림자가 흘러내렸지. 그러자 당신의 가슴이 환하게 뚫렸어. 빛과 바람과 소리가 그곳을 들락거렸지. 나는 상여를 따라, 터질 듯 목화의 흰빛으로 가득한 평원을 건너갔어.

거울 사원

거울 속, 어둠이 고여 있다. 간혹 암막 커튼 사이의 얇은 틈으로 빛이 스며든다. 시간이 흐를수록 어둠 속에 젖어 있던 것들이 희미한 형상을 갖는다. 애벌레처럼 꿈틀거리는 그의 실루엣이 비친다. 고양이 울음소리가 빛과 함께 섞여 든다. 오토바이 소리와 누군가를 부르는 소리, 아이의 울음소리도 들린다. 희붐했던 빛이 어느덧 또렷한 경계를 만들며 어둠에 균열을 낸다. 빛의 칼날 하나가 그의 목을 겨누다 천천히 얼굴에 가닿는다. 그는 몇 번 눈가를 찌푸리다 눈을 뜬다. 아랫도리가 뻐근해 온다. 바지 위로 성기를 움켜잡자 더욱 단단해진다. 벨트를 풀고 속옷으로 손을 집어넣는다. 그는 천천히 손을 움직인다. 성욕과는 무관했다. 어떤 알 수 없는 것이 그곳을 통해 필사적으로 탈출하려는 듯이 보였다. 가게 마담이 건넨 정체 모를 약을 받아먹고 난 뒤부터였다. 이미 약효가 사라졌을 터이지만 갑작스런 발기는 멈추지 않는다.

휴대폰을 들어 시간을 확인한다. 정오를 앞두고 있다. 옷은 새벽에 퇴근하던 차림 그대로다. 그는 생각났다는 듯이, 바지 주머니를 뒤진다. 수십 장의 지폐가 만져진다. 지폐를 한 움큼 꺼낸다. 양주 냄새가 진동한다. 구겨진 지폐를 허공 속에 뿌린다. 중년 남성들의 질펀한 자리였다. 그들은 그가 술과 안주를 들여올 때마다 바지 주머니에 지폐를 넣어주었다. 그러곤 그에게 독한 양주를 마시게 하는 것을 잊지 않았다.

빛의 칼날이 책상에 가닿아 있다. 각종 9급 공무원 시험 대비 도서들이 쌓여 있다. 펼치지 않은 지 오래된 것들이었다.

침대에서 일어나 창문 앞에 선다. 커튼을 치자 푸른 타일에 반사된 햇살이 쏟아진다. 그가 세 들어 있는 건물은 길 하나를 사이에 두고 이슬람 사원의 정문과 마주 보고 있다. 사원 입구는 코발트 블루 계통의 타일로 장식되어 있다. 아라베스크 문양을 정교하게 박아 넣은 한가운데에는 '하느님 외에 다른 신은 없습니다. 무하마드는 그분의 사도입니다.'라는 문구가 한국어로 씌어 있다. 축대를 겸한 외벽과 본당은 모두 흰색이다. 사원 너머 아래로는 서울 시내가 한눈에 펼쳐져 있다. 정문의 타일 장식과 돔의 매끄러운 청동 표면에 햇빛이 반사되면 주위는 온통 푸른빛으로 일렁인다. 그럴 때면, 사원은 먼 항해를 떠나려는 범선처럼 보인다. 성벽인 양 높게 쌓아 올린 축대 위, 아득히 솟은 두 개의 첨탑 미너렛은 돛대가 된다. 그 사이로 금방이라도 새하얀 돛이 펼쳐질 듯 사원은 몸을 뒤척인다.

그는 창을 열어 난간 위에 통조림을 놓아둔다. 이 시간 즈음엔 오드 아이를 가진 고양이가 어김없이 나타난다. 오른쪽 눈은 밝은 갈색이고 왼쪽 눈은 사원의 청동 돔처럼 푸르다. 그는 상체를 내밀어 되도록 통조림을 자신으로부터 멀리 떨어진 곳에 놓는다. 사람이 가까이 있으면 다가오지 않는 고양이다.

알라후 아크바르 알라후 아크바르 아시하르 안나…….

금요일 정오 예배 시간을 알리는 노래 아잔이 울려 퍼진다. 소리에 놀란 비둘기들이 복잡하게 얽힌 전깃줄 위로 소스라치듯 날아오른다. 모래를 쓰다듬는 바람처럼 노래는 잿빛 허공을 어루만진다. 그것은 마치 먼 항해를 알리는 뱃고동 소리이거나, 혹은 자신의 위치를 알리려고 신에게 쏘아 올리는 간절한 표식음처럼 들린다. 열사(熱沙)의 기억을 간직한 노래는 11월의 찬 대기를 데우며 이국의 도시를 감싼다. 공기 입자는 헐거워지고 그 틈은 텁텁한 모래의 냄새로 채워진다. 콘크리트 건물이 모래성처럼 허물어지고 도시 전체가 사막으로 변하는 듯하다.

사원 앞은 금요일 정기 예배 때만이 아니라 늘 이방인들로 북적인다. 이 건물의 세입자도 이슬람권에서 온 외국인이 대부분이다. 지은 지 30년이 넘은 건물은 2층부터 4층까지 각 층에 다섯 세대가 입주해 있다. 1층은 무슬림을 상대로 하는 태권도 지도관이 영업을 하고 있다. 한국인들이 대여섯

가구 살고 있지만 그들도 이방인 신세이긴 마찬가지다. 인근 이태원의 외국인 클럽에 나가는 댄서나 호스티스, 게이로 의심되는 사람들이다. 그들은 낮에는 죽은 듯이 지내다가 밤이 되면 모습을 드러낸다. 어둠이 내리고 관 뚜껑 같은 문이 열리면 명품 옷과 현란한 머리치장을 하고 하나둘 건물을 빠져나간다. 주민들은 외국인 이주자들과 마찬가지로 그들의 존재를 그리 반기는 눈치는 아니었다. 그러나 그는 그러한 편견이 고마울 뿐이었다. 주변 시세보다 싼 월세 덕분에 그는 반지하의 습한 방으로부터 해방되었다. 알라는 위대하다, 알라 외에는 신이 없다, 라는 뜻의 정오 무렵 울려오는 아잔 소리도 그리 나쁘지 않다. 끊어질 듯 이어지며 풀어지듯 감겨 오는 그 농밀한 음률이 어쩐지 낯설지 않았다.

창틈으로 11월의 알싸한 공기가 느껴진다. 아잔 소리가 끝나자 아래층에서 합, 합, 하는 구령 소리가 들려온다. 이슬람 식당이나 좌판에서 풍겨 오는 각종 향신료와 양고기 굽는 냄새가 코를 찌른다. 빠른 걸음으로 수백 명의 무슬림들이 정문으로 들어선다. 출항을 앞둔 부둣가처럼 사원 앞이 붐

빈다. 아랍계나 동남아시아계 사람들이 대부분이었지만 간혹 백인과 몽골리안도 눈에 띈다. 무슬림 두 명이 아래층 태권도 지도관을 나온다. 사원으로 향하는 듯하다. 수염을 덥수룩하게 기르고 이슬람 모자를 눌러쓴 젊은 청년들이다. 청바지 위로는 검은 천을 둘렀다. 그때 배짝 마른 새끼 고양이를 품에 안은 여자 하나가 갸르릉, 고양이 소리를 내며 그들 앞을 가로막는다.

내 아가들 훔쳐 갔지?

여자가 외친다. 이방인들의 표정엔 당황한 기색이 역력하다. 그런 상황에 익숙한 행인들이 걸음을 멈추고 미소를 띤군다. 아자즈가 여자에게 케밥을 건넨다. 여자는 고양이를 내팽개치고 케밥 포장을 서둘러 벗겨 낸다. 건너편 슈퍼마켓의 노파가 문을 거칠게 열며 뛰어나온다. 여자가 쥐고 있던 케밥을 빼앗고는 아자즈에게 돌려준다. 여자는 노파의 딸이다. 노파가 여자의 머리끄덩이를 잡아끌자 칼날과도 같은 비명 소리가 거리를 울린다.

아자즈는 옆방에 사는 파키스탄인이다. 형형색색의 장식 전구가 그의 푸드 트럭을 밝히고 있다. 무슬림이 가장 많이 모여드는 금요일 정오에는 이슬람 사원 정문 옆에서 케밥을 팔았다. 검고 윤기 있는 피부에 덥수룩한 수염을 길렀다. 정오의 햇살이 아자즈의 이목구비를 더욱 뚜렷하게 만든다. 건물 내에서 그에게 알은체를 하는 유일한 사람이다. 전기화로 위에서 긴 꼬챙이에 꽂힌 양고기가 잘 익어 간다. 사람들이 뜸한 사이, 아자즈가 고개를 든다. 그와 눈이 마주치자 손을 흔든다. 그도 손을 들어 가볍게 답한다.

이사 온 지 반년 정도가 됐을 무렵, 아자즈와 처음으로 이야기를 나누었다. 그는 열대야의 더위를 식힐 겸 편의점 앞의 파라솔에 앉아 맥주를 마시고 있었다. 집과 가까운 이태원 거리였다. 주말의 이태원은 다양한 인종의 외국인들로 붐볐다. 메인 스트리트는 그야말로 발 디딜 틈 없었다. 여자들의 옷차림은 과감했고 남자들의 행동은 대범했다. 한 흑인 남자는 백인 여자의 가슴을 스윽 치고 지나가기까지 했다. 여자는 걸음을 멈춰 황당하다는 표정으로 남자의 뒷모습을 째려봤지만 이내 제 갈 길을 갔다.

당신도 남자를 기다립니까?

이방인의 말투였다. 익숙한 향신료 냄새가 풍겨 왔다. 길 건너편 백인 동성 커플의 진한 애정 표현을 쳐다보고 있던 참이었다. 이 거리는 게이 스트리트와 한 블록이 채 떨어지지 않은 곳이었다. 언젠가 집으로 가는 지름길을 찾기 위해 길을 헤매다가 그곳에 들어선 적이 있었다. 채 열 평도 안 되는 미니바가 좁은 길 양옆으로 빼곡히 들어찼다. 남자들의 눈빛은 보이지 않는 거미줄처럼 그를 옴짝달싹 못하게 했다. 드래그 킹이라고 불리는 여장남자들이 그의 손을 이끌었을 때에야 그는 그곳이 말로만 듣던 게이 스트리트라는 것을 알았다.

고개를 돌려 보니 아자즈였다. 눈앞으로 뭔가를 내밀었다. 코를 찌르는 듯한 향료 냄새가 났다. 야채와 고기가 섞여 있는 햄버거 비슷한 것이 종이에 싸여 있었다.

먹어요. 케밥입니다.

아자즈가 그의 옆에 털썩 앉으며 말했다. 엉겁결에 케밥을 받은 그는 자신의 캔 맥주 하나를 건넸다. 무슬림이라 술을 마시지 않으리라는 예상은 빗나갔다. 아자즈는 익숙한 폼으로 캔 맥주를 땄다.

내 안에 알라 없어요.

맥주를 마시던 아자즈가 다른 한 손으로 자신의 가슴을 가리키며 말했다. 무슬림은 술을 못하지 않느냐고 묻자 답한 말이었다. 입에서 술 냄새가 진하게 풍겨 왔다. 술 냄새뿐만 아니라 아자즈의 몸에서는 향신료 냄새와 섞인 역한 노린내가 났다. 그의 집 앞을 지나거나 좁은 계단에서 마주칠 때마다 맡는 냄새였다. 처음에는 견디기 힘들었지만 어느덧 익숙해졌다. 오히려 그의 정신을 아득하고 몽롱한 상태로 빠져들게 했다. 세포들이 일제히 막을 열어 그 체취로 몸을 가득 채우고 나면, 그는 낯선 세계의 문턱을 넘는 듯했다.

아자즈는 파키스탄에서 미대를 중퇴하고 한국에 온 지 3년이 넘었다고 했다. 한국에 먼저 와 있던 친형 둘과 사촌 형의 주선으로 한국에 오게 되었고, 안산의 한 공장에서 일하다가 1년 전 형들로부터 독립해 이태원으로 왔다고 말했다. 한국어보다는 영어가 더 능숙한 편이었다.

나는 게이입니다. 알라는 나를 용납하지 않습니다.

왜 신을 거부하느냐고 묻자 아자즈가 영어로 말했다. 어떤 감정의 회오리를 감당하려는 듯 입술을 굳게 물었다. 그는 마른침을 삼켰다. 아자즈의 눈동자가 깊게 떨렸다. 뭔가 더 하고 싶은 말을 주저하는 듯했다.

혹시 거울 사원이라고 들어 보았습니까?

그가 물었다. 아자즈는 고개를 갸우뚱했다.

이맘자데예 알리예브네 함제.

그가 주문을 외듯 중얼거렸다.

이란어군요.

아자즈는 고개를 끄덕이며 마저 남은 맥주를 들이켰다.

이란에 가 보셨습니까?

그가 묻자, 아자즈는 고개를 저었다.

이란은 왜요? 파키스탄의 이웃 나라이기는 합니다만.

아자즈가 짧은 침묵 끝에 물었다.

제 어머니의 나라입니다.

아자즈가 놀라, 그를 바라보았다. 아버지는 이란에 파견된 건설 노동자였으며, 함께 한국으로 왔던 어머니는 자신을 낳은 지 얼마 되지 않아 이란으로 돌아갔다고 그가 말했다.

당신은 저 고양이 같은 존재군요.

아자즈의 손이 가리키는 곳에 고양이 한 마리가

웅크리고 있었다. 오드아이를 가진 고양이었다.

　무슬림들이 모두 사원에 들어간 후의 거리는 차라리 적요하다. 간간이 사원 안쪽에서 이슬람 사제인 이맘의 예배 집전 소리가 들려올 뿐이다. 서서히 문이 닫히는 사원은 금방이라도 출렁하고 허공에 떠오를 기세다. 비둘기가 날아오르고 고양이가 앙칼진 소리를 내며 길모퉁이로 사라진다. 정문 옆, 슈퍼마켓의 노파가 방 안으로 들어간다. 그 위로 '한남 2지구 주택재개발 정비사업 조합설립위원회'라고 씌어 있는, 빛바랜 현수막이 바람에 한 번 팔랑거린다. 천신도사, 백마장군, 처녀보살 따위의 붉은색과 흰색 깃발을 내건 점집들이 군데군데 눈에 띈다. 어디선가 희미한 채소 장수의 확성기 소리가 들려온다.

　물담배를 파는 무슬림 잡화점과 무슬림 마트, 무슬림 드라이 크리닝, 무슬림 베이커리는 텅 비어 있다. 약속이라도 한 듯이 상호는 거의 '무슬림'이다. 대부분의 상점은 이슬람 사원의 외벽을 끼고 있다. 외벽과 한 블록 떨어진 곳에는 최신식 외장재로 마감한 무슬림 항공사도 보인다. 대낮인데도 상점들 내부는 형광등이 환하다. 아자즈의 푸드 트럭의 전기 화로에서는 양고기가 기름을 뚝뚝 흘리며 구워진다. 성과 속, 한국 뒷골목 풍경과 아랍풍 분위기가 제멋대로 섞여 있다. 그는 왠지 기묘한 느낌이 든다. 마치 한낮의 사막 아래 홀로 남겨진 듯하다. 시간이 정지되고 공간은 무한히 팽창한다. 아자즈도 어디론가 사라지고 없다. 창틀 난간에 놓아두었던 통조림은 그대로였다. 보통 이쯤이면 통조림 안이 깨끗이 비어 있어야 했다.

그는 창을 닫고 욕실로 향한다. 샤워실로 향하기 전 냉장고에서 우유를 꺼내 유리컵에 한가득 따라 놓는다. 샤워를 하는 동안 우유의 냉기를 가시게 하기 위해서였다. 샤워기를 틀어 뜨거운 물이 나오기를 기다린다. 그사이 그는 거울 속에 비친 자신의 알몸을 바라본다. 적당히 근육이 붙은, 군살 없는 몸이다. 거울에 비친 눈동자에 알몸을 바라보는 그의 시선이 맺혀 있다. 거울 속의 그가 거울 밖의 그에게 손을 내민다. 거울 속의 그가 그에게 입술을 댄다. 그가 거울 속의 그에게 입술을 연다. 욕실은 수증기로 가득 찬다.

이맘자데예 알리예브네 함제. 그는 물줄기 속에

서 천천히 발음해 본다. 어머니 나라. 사막의 한가운데에 있는 거울 사원의 이름. 사원의 모습이 실려 있던 책은 중학생 시절 아버지가 운영하던 고물상에서 찾아냈다. 그즈음 그는 중동 관련 책이라면 무조건 모으는 취미를 가지고 있었다. 어머니의 모습은 그의 뇌리에 남아 있지 않았다. 어머니를 생각하면, 끊어질 듯 이어지는 이국어로 된 자장가 소리와 코를 찌를 듯한 향신료의 내음이 떠오를 뿐이었다.

책 더미를 쌓아 두었던 고물상 한편의 창고는 그의 아지트였다. 유난히 큰 눈과 긴 속눈썹을 가졌을 뿐, 피부색도 말투도 마을 아이들과 다르지 않았지만 그는 늘 혼자였다. 그가 책 더미 속 깊은 곳에 들어가 있는 동안 그의 아버지는 언제나 취해 있었다. 표지를 포함해 종이 몇 장이 뜯겨져 나갔지만 사원의 사진은 온전했다. The Mirror Mosque in Iran. 사진 아래 깨알 같은 크기로 영문이 씌어 있었다. 고대 페르시아의 후예인 이란. 그는 가슴이 뛰었다. 동화 속 신드바드처럼 흰 돛을 단 배를 타고, 아주 먼 곳, 인도양 너머 오아시스가 있는 사막의 나라로 갈 수 있기를. 사방이 죽은 책으로 둘러싸인 공간에서 그는 수음을 했다. 몽롱해진 의식 너머 정액을 흩뿌리고 나면, 와르르 책들이 무너져 내리는 듯했다.

바깥이 소란스러웠다. 욕실을 나와, 우유를 들이켜고 있을 즈음이었다. 고함 소리와 함께 뭔가 깨지고 부딪는 소리가 난다. 옆집에서 들리는 소리다. 어느새 아자즈가 돌아온 거였다. 그는 옷을 입고 문 쪽으로 다가간다. 문을 조금 열어 바깥을 본다. 아자즈가 가죽점퍼 차림의 세 명의 사내들에게 에워싸인 채 눈을 부릅뜨고 있다. 사내들은 언젠가 아자즈가 말한 형제들처럼 보였다. 아자즈의 수염이 난폭하게 잘려 있다. 잭나이프를 쥔 한 사내의 손에 아자즈의 수염으로 보이는 터럭이 묻어 있다. 몇몇 이웃 사람들이 그처럼 문을 조금 열고 이 상황을 지켜본다. 사내들이 아자즈의 팔을 끈다. 완강히 저항하던 아자즈가 체념한 듯 걸음을 옮긴다. 맨발에 슬리퍼가 질질 끌린다. 아자즈가 뒤돌아본다. 그의 시선과 마주친다. 어떤 무서운 결기가 눈동자 너머에서 뿜어져 나온다. 낙타와 같은, 순한 눈망울이 아니었다.

마침 신고를 받은 경찰 두 명이 건물 2층 복도로

들어선다. 사내들이 당황한다. 잭나이프를 황급히 숨긴다. 경찰과 사내들이 실랑이를 하는 동안 아자즈가 사내들로부터 벗어나 출구로 뛴다. 사내 중 하나가 넘어지면서 아자즈의 다리를 잡는다. 균형을 잃은 아자즈의 몸이 계단 밑으로 떨어진다. 계단은 거의 70도 각도의 급경사다. 쿵, 하고 충격음이 들려온다. 순식간에 일어난 일이다.

이런 미친 새끼, 나이 든 경찰 한 명이 재수 없다는 듯이 넘어진 사내를 발로 찬다. 젊은 경찰이 넘어진 사내의 손에 수갑을 채운다. 그 틈을 타고 나머지 두 명의 사내들이 잽싸게 도망친다. 그는 조심스레 출구 쪽으로 다가간다. 계단 아래, 아자즈가 쓰러진 채 입에 거품을 물고 있다. 나이 든 경찰이 다급하게 어딘가로 전화를 한다. 그리곤 그에게 다가와 간단한 신상 정보와 연락처를 남길 것을 부탁한다. 이후 참고인 진술이 필요하다는 것이다. 그는 고개를 들어 건물 위층을 바라보았다. 탕탕, 하고 문 닫히는 소리가 들려온다. 그는 엉뚱한 이름과 부풀려진 나이와 다른 전화번호를 적는다. 경찰은 그가 적어 놓은 신상 정보를 확인도 하지 않은 채 계단을 내려간다.

아자즈를 실은 응급차가 집 앞을 빠져나간다. 구경하러 몰려들었던 사람들이 흩어진다. 길 건너편 아자즈의 푸드 트럭이 보인다. 긴 쇠꼬챙이에 겹겹이 쌓아 올린 양고기와 케밥 재료는 그대로이긴 했지만 전기 화로와 장식 전구들은 꺼진 상태였다. 길고양이들이 눈빛을 번뜩이며 좌판 주위를 어슬렁거린다. 여전히 오드 아이 고양이는 보이지 않는다. 2층으로 올라오자 아자즈의 집 문이 활짝 열려 있다. 케밥 소스 냄새가 코를 찔러 온다. 식재료의 독특한 향과 역한 비린내도 섞여 있다. 그는 열린 문 안으로 들어간다. 대형 냉장고와 김치 냉장고가 집 안을 꽉 채우고 있다. 방은 시신의 부패가 시작된 무덤의 내실처럼 축축하고 서늘하다. 낡은 양탄자 위에 구두 발자국이 여기저기 찍혀 있다. 깨진 식기구와 거울 조각, 그리고 함부로 넘어진 옷걸이는 방 안을 거의 폐허로 만들었다. 마치 도굴된 무덤 같다. 열린 창문에는 붉은 벨벳 커튼이 바람에 흔들린다. 식탁 위에, 급히 챙겨 왔을 케밥이 쌓여 있다. 그 옆으론 사진 액자가 사방으로 금이 나 있다. 낯선 한 청년과 어깨동무를 한 채 웃고 있는 아자즈가 거미줄에 갇혀 있다.

56

벽 한쪽에는 그림 하나가 걸려 있다. 나체의 남자를 바라보고 있는 고양이 그림이다. 고양이 시선은 남자의 사타구니 부근에 가닿아 있다. 고양이의 집요한 응시에 남자는 수치심을 느끼고 있다. 그림의 소재는 꽤 서구적이었지만 형식은 이슬람 회화 양식에 가까웠다. 그는 식탁 의자에 앉아 케밥 하나를 꺼내 든다. 온기가 느껴졌다. 갑자기 허기가 밀려온다. 그림에 시선을 박은 채, 포장을 벗겨 입속에 넣는다. 여전히 익숙지 않은 그 음식은 모래 알처럼 서걱거린다. 그림 오른쪽 아래에 붉은색 사인이 눈이 띈다. 아자즈라는 이름의 이니셜인 듯하다. 미대를 중퇴했다는 아자즈의 말이 떠오른다.

냉장고 문을 연다. 음료가 될 만한 것이 아무것도 없다. 그는 습관처럼 냉동실의 문을 연다. 비닐에 싸여 있는 둥근 것들이 와르르, 발밑으로 떨어진다. 허리를 숙여, 딱딱하게 언 그것들을 주워 올린다. 그런데 비닐 너머 느껴지는 감촉이 왠지 섬뜩하다. 검은 비닐 안쪽을 살펴본다. 뭔가 털 같은 것이 보인다. 비닐을 벗겨 낸다. 고양이 머리다. 그중 눈을 부릅뜬 머리가 눈에 띈다. 오드아이 고양이었다. 그는 김치 냉장고를 열어 본다. 비린내가 확 풍겨 온다. 양고기가 대부분이지만 털을 벗겨 내고 내장을 들어낸, 목이 날아간 작은 동물 몇 구 가 섞여 있다. 그는 화장실로 뛰어간다. 입속에 손 가락을 넣어 방금 먹었던 케밥을 남김없이 토한다.

그는 아자즈의 침대에 앉아 심호흡을 한다. 침 대 위에 뭉텅이 채 잘려 나간 아자즈의 수염이 보 인다. 그는 그것을 들어 자신의 아래턱으로 가져 간다. 거친 모래의 느낌이다. 깨진 거울 조각을 들 어 자신의 모습을 비춘다. 낯선 사내의 웃음이 부 풀어 오른다. 그는 그대로 침대 위에 눕는다. 아자 즈의 체취가 세포 하나하나에 스며든다. 몸이 나 른해지고 정신은 아득해진다. 쿵쿵, 심장박동 소리 가 고스란히 들려온다. 그것은 그의 심장으로부터 오는 소리가 아니라 저 하수구 밑바닥에서 배관을 타고 오르는 땅속의 울림 같다. 아랫도리가 다시 고개를 든다.

이맘자데예 알리예브네 함제. 사원은 벽면 모두 가 갖가지 색깔의 거울 조각으로 치장돼 있다. 둥 근 천장과 아치형 창, 이오니아식의 기둥도 모두 거 울이다. 수많은 거울이 거울의 거울을 비춘다. 거울 속의 거울은 무수한 낱개로 쪼개지며 스스로 한없이 깊어진다. 옆모습과 앞모습이 겹쳐 있거나 몸이 조각나 있다. 그 모습은 거울의 각도와 크기에 따라 수백 개의 형상을 하고 있다. 마치 곤충의 겹눈에 맺힌 물체의 상처럼 제각각이다. 사원 안에서는 끝없는 분열과 반복, 수많은 시선과 응시가 교차한다. 거울에 비친 모습은 뒤틀리고 일그러져 있다. 시선들 중 어느 하나에 사로잡히게 된다면 그는 영원히 그 사원에서 나오지 못한다. 한 이교도 왕만이 유일하게 그 시선들의 거미줄에서 벗어날 수 있었다. 왕에게 시선은 영혼의 바닥까지 꿰뚫고 들어오는 창이었다. 그것은 날카로운 쇳소리를 내며 가장 내밀한, 결코 드러내고 싶지 않은 왕의 깊숙한 곳에 와 닿았다. 왕은 그 시선을 향해 활을 쏘았다. 오랜 세월만큼이나 무게를 던 거울 조각들이 균열을 일으키며 떨어져 내렸다.

휴대폰 소리에 눈을 떴을 때, 뭔가 푸른빛이 그의 몸을 휘감고 있다. 하나가 아니다. 여기저기서 하나둘 뭔가가 눈을 뜬다. 갖가지 모양과 크기, 색깔을 가진 별 모양의 야광 스티커다. 커튼 너머 희

미하게 흘러오는 불빛이 별들을 더 선명하게 만든
다. 띠를 두른 토성과 붉은 대기로 휩싸인 이름 모
를 행성, 양옆으로 긴 꼬리를 가진 별무리와 나선
모양의 은하, 천장에 새겨진 수많은 별들은 벽면까
지 이어진다. 별빛의 농도는 저마다 다르다. 불을
켠다. 삽시간에 우주는 사라진다. 불을 끈다. 우주
는 다시 빛난다.

휴대폰 벨소리가 다시 울린다. 싱크대 쪽이었다.
그는 망설이다가 전화를 받는다. 전화선 너머에서
뭐라 뭐라 한다. 알 수 없는 언어였다. 아자즈의 전
화입니다, 그가 한국말로 말한다. 더듬더듬 상대편
에서 한국어가 들려오기는 하지만 역시 알아들을
수 없다. 그는 그대로 정지 버튼을 누른다. 그런데
버튼을 잘못 눌렀는지 갑자기 동영상 화면이 뜬다.
그중 파라솔 아래에서 맥주를 마시는 사람의 모습
이 왠지 낯익다. 자세히 보니 화면 속의 사람은 그
였다. 그는 동영상의 플레이 버튼을 누른다. 아자
즈와 처음 대화를 나누던 이태원 거리의 편의점 앞
이다. 화면 속의 그는 거리를 바라보며 가끔 맥주
를 들이켠다. 짙은 눈썹과 깊은 눈두덩, 그로 인해
두드러진 코가 새삼 낯설게 느껴진다. 그의 시선은

밖을 향하고 있지만 실은 그 무엇도 주목하지 않는다. 앵글의 시선은 집요하다. 동영상은 3분 정도 계속된다. 다른 동영상을 연다. 이번엔 그가 창문 앞에 서서 통조림을 든 채 거리를 바라보는 모습이다. 그의 시선은 건너편 건물의 담장으로 향한다. 앵글도 함께 따라간다. 그곳에 낮게 웅크린 채 그를 응시하는 고양이가 있다. 또 다른 동영상 파일에는 어두운 골목으로 사라지는 그의 뒷모습이 담겨 있다. 미친 여자가 물끄러미 그를 바라보는 모습도 보인다.

그는 가방을 챙겨 집을 나선다. 불법 주차 차량 사이로 사람들이 분주하게 오간다. 군데군데 눈에 띄는 원색 네온사인 가운데 붉은 십자가가 비친다. 점집을 알리는 홍백기가 펄럭인다. 얽히고설킨 전깃줄은 징, 하는 전류 소리를 실어 나른다. 아자즈의 푸드 트럭 좌판에는 여러 마리의 고양이들이 몰려 있다. 고기가 잘게 저며진 채로 겹겹이 쇠꼬챙이에 꽂혀 있다. 고양이들은 서로를 위협할 뿐 고기에는 입을 대지 않는다. 미친 여자가 그의 앞에 나타난다. 눈을 가늘게 뜨고 큼큼대며 그를 살핀다.

내 아가들 잡아먹었지?

여자가 나지막한 목소리로 묻는다. 품에는 어딘가 상처를 입은, 잔뜩 독이 오른 고양이 한 마리가 안겨 있다. 여자가 갸르릉, 하고 그에게 달려든다. 그를 잡은 채, 옷 어딘가를 물고 놔주지 않는다. 담장과 지붕 위의 고양이들은 이 한때의 소란을 숨죽인 채 지켜보고 있다. 그는 몸을 틀어 푸드 트럭으로 향한다. 여자가 질질 끌려온다. 보온 상자를 열어 여자에게 보여 준다. 미처 가져가지 못한 케밥이 꽤 남아 있다. 여자가 고양이를 내던진 채 케밥을 꺼낸다. 포장을 벗겨 게걸스럽게 먹어 치운다. 그가 하나를 더 건넨다. 여자는 먹던 것을 내팽개치고 새 케밥을 덥석 채 간다.

여자가 포장을 벗기고 있는 사이, 그는 고양이의 몸 상태를 살핀다. 고양이는 머리를 숙여 옆구리 깊숙한 곳을 열심히 핥는다. 거죽이 찢겨 있다. 그가 다가가자 잽싸게 몸을 피한다. 누군가의 발길이 고양이의 옆구리를 사정없이 걷어찬다. 고개를 들어보니 여자가 히쭉대고 있다. 고양이의 날카로운 비명이 어둠 속으로 사라진다. 여자가 그 뒤를 쫓는다.

어느덧 게이 스트리트의 한가운데 서 있다. 거리의 간판에 하나둘 불이 들어온다. 멀리, 성벽처럼 쌓아 올린 축대 위에서 이슬람 사원이 하얗게 빛난다. 마지막 기도를 알리는 아잔 소리가 낙타 울음처럼 허공에 퍼진다. 수많은 시선이 교차한다. 거리의 시선들은 배에 오르지 못한 난민처럼 뒤엉킨다. 그에게로 닿는 시선은 이내 다른 그에게로, 다른 그는 또 다른 그에게로 향한다. 수많은 시선이 시선의 시선을 비춘다. 시선 속의 시선은 만화경 속의 거울상처럼 무수한 낱개로 쪼개지며 한없이 깊어진다.

가게에는 평소보다 한 시간이나 일찍 도착했다. 대기실로 쓰이는 룸에 몇몇 사람들이 앉아 있다. 마담도 끼어 있다. 맥주를 마시며 카드놀이를 한다. 그들은 이 업소에서 잘나가는 에이스들이다. 그들 모두가 게이는 아니었다. 개중 한 명은 여자친구와 동거를 하고 있다. 손님 중에는 게이가 아닌 접대부를 원하는 사람도 있었다. 그런 경우 더 많은 팁을 지불했다. 그는 주방에서 간단한 과일 안주를 만들어 온다. 형 하나가 지갑에서 돈을 꺼낸다. 그는 두 손을 저으며 뒤돌아선다. 대기실 한쪽에 마련된 컴퓨터 앞에 앉는다. 포털 화면이 열리자, 짧은 헤드라인이 눈에 띈다. "서울 한복판에서 명예살인 시도, 파키스탄人 의식불명." 그의 눈동자가 흔들린다.

물 좀 빼고 와라. 죽이는 야동이라도 보나?

마담이 그의 바지춤을 가리키며 말했다. 바지춤이 부풀어 올라 있다. 악의는 없는 말이었다. 약의 부작용이라는 사실을 잘 알고 있다. 그는 자리에서 일어나 자신의 캐비닛을 연다. 웨이터 조끼 옆에 슈트 한 벌이 걸려 있다. 입어 봐. 마담이 외친다. 그는 셔츠만 갈아입은 채 캐비닛 문을 닫는다. 에이스들이 우, 하고 발을 구른다. 뭐라 뭐라 마담이 말하는 것을 뒤로 하고 그는 룸을 나온다.

복도 끝 비상문으로 향한다. 바로 철제 계단이 이어진다. 한 계단, 한 계단 천천히 밟고 오른다. 숨이 턱까지 차오를 즈음, 그는 15층 건물의 맨 꼭대기 층에 도착한다. 문을 열자 건물은 황량한 내면을 드러낸다. 천장과 바닥, 기둥이 모두 거친 시멘트 재질 그대로이다. 10층부터는 호텔로 리모델링하기 위해 내장이 모두 뜯겨져 있었다. 사면이

유리로 되어 있어 도시의 정경이 한눈에 들어온다. 왼쪽 벽면으로는 한강이 보인다. 올림픽대로 위로 자동차들이 줄지어 있다. 오른쪽 벽면으로는 불 꺼진 남산 타워가 보인다. 남산 타워의 검은 실루엣이 남근처럼 우뚝하다. 정면 유리 너머, 이슬람 사원이 보인다. 두 미너렛 꼭대기에서 빨간 경고등이 깜빡거린다. 사원의 돔에는 손톱 모양의 초승달이 걸려 있다. 손톱 라인에 맞춰 손가락이 그려진다. 거대한 손가락이 사원의 돔을 밀고 있는 듯하다. 사원은 허공으로 둥실 떠오른다. 본당의 푸른 돔이 오드 아이 고양이의 왼쪽 눈동자처럼 번뜩인다.

그는 벽면의 스위치를 올린다. 스위치를 올리자 어둠의 발걸음을 쫓듯, 임시 가설된 형광등이 차례대로 켜진다. 은밀히 떠돌던 시멘트 입자가 자취를 감춘다. 도시의 환한 풍경이 사라진다. 투명했던 유리창이 거울이 된다. 정면과 측면, 뒷면에도 그의 모습이 비친다. 거울 속 시선들이 낮게 웅크린 채 고개를 든다. 거울 안의 그가 거울 밖 그의 셔츠 단추를 끄른다. 바지 허리띠를 푼다. 실내의 온 빛을 빨아들일 듯, 그의 몸이 빛난다. 속옷마저 내리자, 금방이라도 정액을 뿜어낼 듯 성기가 솟구친다. 시선들이 그의 몸을 핥는다. 거울에 비친 그들의 시선이 일그러진다. 뱀들의 난교처럼 거울 속 시선들이 뒤엉킨다. 손의 움직임이 빨라질수록 멀리 미너렛의 붉은 빛도 더 빠르게 점멸하는 듯 보인다. 그의 몸속 어딘가에서 모래 폭풍이 인다. 열락과 고통을 동시에 느낀다. 숨넘어갈 듯 점멸하던 붉은빛이 꺼진다. 눈앞이 하얗게 지워진다. 깨진 유리 조각처럼 거울 속 시선들이 흩어져 내린다. 형광등의 불이 나간다. 깊고 고요한 어둠이 핏물처럼 배어 나온다.

봄의 왈츠

운전대를 쥔 K의 손바닥에서 끊임없이 땀이 배어 났다. 왜 오늘이고 하필 이 길이냐. K의 마음속에서 짐승 한 마리가 날뛰었다. 뒷좌석에는 K의 지도 교수와 사모가 앉아 있었다. 백미러 속 교수의 얼굴이 벌겋게 달아올랐다. 아까 교수는 국도보다 고속도로 쪽이 낫지 않겠느냐고 말했다. 그러나 K는 대관령으로 우회해야 하는 고속도로보다는 진부령을 통과하는 국도가 훨씬 빠를 것이라고 장담했다. 교수 말대로 제설 시스템이 잘 갖춰진 고속도로를 택했어야 했다. 그랬다면 다소 늦어질지언정 지금처럼 하염없이 눈이 그치기만을 기다리지는 않았을 것이다.
한 시간째 차는 꼼짝하지 않았다. 출발할 즈음에
진눈깨비가 내렸다. 그것은 얼마 안 돼 함박눈으로
변하더니, 이제는 한 치 앞을 분간할 수 없을 정도
의 폭설로 바뀌었다. 라디오에서는 영동 산간에 내
린 기습적인 폭설로 고성 인제 구간 진부령 도로에
수백 대의 차량이 갇혀 있다는 뉴스가 반복적으로
흘러나왔다. 그 차량들 중 하나가 K의 차였다. 도로
공사에 연락해 봐도 소용이 없었다. 워낙 많은 눈이
내려 제설 장비가 있어도 무용지물이라는 것이다.

　　— 덕분에 눈 구경은 실컷 하는구먼.

　지도 교수가 침묵을 깼다. K의 가슴은 더욱 타
들어 갔다. 이 지역은 태백산맥의 한 허리를 깊숙
이 통과하는 고개였다. 날씨와 기온이 변화무쌍할
뿐만 아니라 사고 위험이 높은 곳이었다. 제때 차
량 통제만 했더라도 이런 낭패는 겪지 않았을 것
이다. 그렇다고 되돌아갈 상황도 아니었다. 맞은편
도로에는 더 이상 차량이 다니지 않았다. 뒤늦게
나마 산 아래에서 차량 통제에 나선 듯했다. 텅 빈
도로 위에 그새 60센티미터 넘게 눈이 쌓였다. 이
대로 가다가는 몇 시간도 안 되어 승용차 정도는

쉽게 뒤덮을 기세였다. 봄기운이 완연해야 할 4월, 난데없는 폭설이 내리고 있는 것이다.

라디오에서 클래식 음악이 흘러나왔다. 익숙한 곡이었다. K는 생각을 더듬다가 그것이 하은의 휴대폰 통화 연결음이라는 사실을 떠올렸다. 라디오 진행자는 곡의 제목이 요한 슈트라우스의 왈츠곡 「봄의 소리」라고 설명했다. 한반도에 상륙했다는 벚꽃 전선 얘기도 덧붙였다. 봄은 무슨, K의 입에서 저도 모르게 튀어나온 말이었다. 사모가 쿡, 하고 웃었다. 그 웃음소리가 그나마 K에게 위안이 되었다. 비발디의 「사계」 중 '봄'이 연이어 흘러나왔다. 춘계 특집이라도 하는 모양이었다. 경쾌한 음악 소리가 차안에 울려 퍼졌다. 창밖의 눈 풍경과 봄을 주제로 한 클래식 음악은 의외로 독특한 분위기를 자아냈다. 창밖에서는 때늦은 눈을 반기며 아이들이 뛰놀았다. 돗자리를 접어서 미끄럼을 타는 아이도 있었다. 갖가지 색상의 옷차림을 한 사람들이 소나무 가지마다 가득 핀 눈꽃을 배경으로 포즈를 취했다. 중국에서 온 듯한 관광객들도 연신 플래시를 터트렸다. 그들의 얼굴에서 긴장감이나 불안은 찾아볼 수 없었다. 뜻하지 않게 찾아온 봄눈이 마냥 신기하게만 느껴지는 듯했다. 피할 수 없으면 즐겨라, 군대 시절 교관의 말이 새삼 떠올랐다.

— 우리도 사진 찍어요, 이것도 추억이잖아요.

사모의 말에 지도 교수가 못 이기는 척 차에서 내렸다. 두 사람이 차에서 내리자 K도 차문을 열고 밖으로 나왔다. 스마트폰 액정 안으로 교수 내외의 다정한 모습이 들어왔다. 조금은 무뚝뚝해 보이지만 어딘가 자상한 면이 있는 교수의 표정과 소녀같이 환한 미소를 짓고 있는 사모의 표정이 잘 어울렸다. 슬하에 자식이 없어서인지 두 사람은 유난히 금슬이 좋았다. 며칠 전, 지도 교수는 아내와의 결혼 기념 여행을 부탁해 왔다. K의 고향은 국내에서 손꼽히는 휴양지였다. K는 그것이 결코 무리한 부탁으로 여겨지지 않았다. 그만큼 자신을 신뢰한다는 뜻으로 받아들였다. 지도 교수는 이번에 증원되는 자리 하나를 내심 K에게 넘기려는 생각을 하고 있는 듯했다. 그간 10년 넘게 교수 밑에서 공부한 결실이 비로소 맺어지는 셈이었다. 지도 교수가 이번 여행을 부탁한 것은 아마 K의 임용이 확실시되고 있다는 뜻이리라. 학계에서 두루 신망을 얻고 있었고 동료 교수들 간의 관계도 원만했기 때문에 학과 내에서 지도 교수가 가진 영향력은 상당히 컸다. 그런 지도 교수의 입김이 아니면 K가 모교의 전임을 따는 것은 어림없는 일이었다.

　1박 2일의 여행 계획을 짰다. 첫날의 계획은 낮 2시 즈음 도착하여 바다를 보고 횟집에 들렀다가 최근 개장한 온천 리조트로 교수 내외를 모시는 것이었다. 두 사람 다 번잡한 곳을 싫어했다. 첫 목적지로 저진이라는 한적한 어항 마을을 택했다. 저진은 남측 군사 분계선과 불과 20분 거리에 위치했다. 아직까지 번듯한 아스팔트 도로도 나지 않은 외진 마을이었다. 군사 보호 시설로 묶여 웬만한 개발은 엄두도 내지 못했다. 덕분에 천혜의 자연환경이 그대로 보존되었다. 1킬로미터가 넘는 해안가에는 넓은 백사장이 펼쳐졌다. 그 백사장을 따라 울창한 소나무 방풍림이 자랐다. 흐린 날씨에도 불구하고 하늘과 바다, 바다와 육지의 경계가 또렷했다. K는 교수 내외와 백사장을 거닐었다. 가끔 번갈아가며 사진을 찍었다. 누가 보았다면 세 사람은 모처럼 여행을 떠나온 단란한 가족처럼 보였으리라.

　하늘은 끄무레했지만 4월에 들어선 계절답게 포

근한 편이었다. 그러나 바다는 무척 사나워 보였다. 파도의 크기는 거의 집채만 했다. 파도가 시퍼런 아가리를 벌리며 육지의 모든 것을 집어삼킬 듯 밀려들었다. 하얀 포말이 육식동물의 날카로운 이빨처럼 허공에서 번뜩였다. 그러나 백사장을 삼키고 육지를 덮치기에는 역부족이었다. 파도는 육지와의 경계에서 하릴없이 무너졌다.

— 이게 뉜고? 건어물집이 아들내미 아녀?

K가 교수 내외의 사진을 찍고 있을 때, 웬 노파하나가 말을 걸어왔다. 산 사람의 생기라고는 전혀 느낄 수 없었다. '건어물집이'라는 말은 인근 관광단지 내의 특산물 코너에서 건어물을 파는 K의 어머니를 일컫는 말이었다. 자세히 보니 노파는 이근방에서 크게 불렸던 저진리 만신이었다. K의 어머니도 답답할 때면 자주 찾곤 했다. 처음에는 얼른 알아보지 못했다. 거의 10년 만에 보는 노인의 몸에는 세월의 흔적이 고스란히 담겨 있었다. 얼굴은 그때나 지금이나 크게 달라진 것은 없었다. 그러나 지팡이를 짚어야 할 정도로 허리가 휘었고 체구는 훨씬 쪼그라들었다. 눈동자는 백내장이 왔는지 탁했고 쪽진 머리는 윤기 없이 허옜다. 얼굴에

는 온통 죽음 꽃이 피어올랐다.

— 건어물집이는 괜찮고? 서울 큰 병원으로 갔다
하더니만, 다 나았나?

만신은 교수 내외를 힐끔거리며 말했다. 풍을 맞
아 얼굴의 반편은 아예 표정이 없었다. 신기하게도
그런 얼굴에서 비교적 또렷한 말소리가 나왔다. 만
신은 어머니가 큰 병 걸려 서울 병원에 갔다는데,
그 아들은 한가롭게 사진이나 찍고 있는 모습이 의
아한 모양이었다. K는 머리를 긁적이며 괜찮다는
말로 얼버무렸다. 교수 내외는 놀란 얼굴로 K를 바
라보았다. 어머니가 입원했다는 얘기는 하지 않았
던 터였다.

이 어른은 누구신가? 지도 교수가 눈으로 물어
왔다. 이 지역에서는 알아주는 큰 만신이라고 하자
사모가 반색했다. 온 김에 올해 운수나 보자고 남
편을 채근했다. 지도 교수는 다소 멋쩍어했지만 아
주 싫은 눈치는 아니었다. 의외였다. 교수는 과학적
언어에 충실한 학자였고 그에 걸맞게 운명은 스스
로 만들어 가야 한다는 철칙을 가진 사람이었다.
그는 젊었을 때부터 이렇다 할 좌절이나 실패가 없
는 삶을 살아왔다. 그런 성공의 연속이 어쩌면 자

신은 물론이고 다른 사람의 운명까지도 좌지우지하게 만든 원동력이 되었는지 몰랐다. 그런 교수가 오늘따라 선선히 자신의 운명을 묻겠다는 것이다. 긴 세월 교수를 모셔 온 K의 입장에서는 좀처럼 이해할 수 없는 일이었다.

만신의 집은 마을과 조금 떨어진 곳에 자리했다. 큰 무당이라는 명색에 걸맞지 않은 작고 초라한 집이었다. 여기저기 덧대고 깨진 석면 슬레이트 지붕이 흰색의 높은 담에 둘러싸여 있었다. 집은 마치 경계심을 풀지 않고 낮게 웅크린, 상처 입은 짐승처럼 보였다. 긴 대나무 장대에서는 빛바랜 홍백기가 나부꼈다. 그렇지만 만신의 집은 범접할 수 없는 어떤 완강한 기운이 느껴졌다. 어쩌면 이승의 한가운데 은밀히 드러난 저승의 허연 이빨 같은 곳인지도 몰랐다.

어두컴컴한 방에 들어서자 향내와 뒤섞인 역한 노인 냄새가 코를 찔렀다. 죽음과 소멸을 상징하는 냄새가 있다면 바로 이 냄새일 거라고 K는 생각했다. 만신이 신당의 촛불을 켰다. 촛불이 일렁일 때마다 무신도의 얼굴 표정이 살아 움직였다. 만신은 신당 아래서 점상을 꺼내 앉았다. 교수의 생년월일을 묻고 나서 이내 신을 청하는 노래를 불렀다. 남섬부주 조선국 강원도라 고성군……. 노래가 시작되면서 만신의 얼굴에는 80대 노인이라고는 믿어지지 않을 정도로 생기가 돌았다. 신당의 분위기도 밝아지면서 심지어 아늑한 느낌마저 들었다. 만신은 이내 어깨를 몇 번인가 들썩였다. 눈꺼풀이 파르르 떨렸다. 접신이 이루어진 모양이었다. 눈을 뜬 만신은 귀기 서린 눈빛을 번뜩였다. 흐릿하고 탁한 눈빛은 온데간데없었다. 얼굴에 푸르스름한 빛이 돌다가 다시 눈이 감겼다.

만신이 눈을 떴다. 원래의 탁한 눈으로 돌아와 있었다. 바깥의, 저세상이 으르렁대며 이빨을 드러냈다가 이내 사라진 느낌이었다. 만신은 점상을 물리고 복채를 돌려주었다. 오랜만에 하려니 잘 안 된다고 했다. 풍까지 얻은 늙은 몸뚱이라 그런지 몸주신이 내리지 않는다고 덧붙였다. 그러면 그렇지, 교수는 K에게 눈치를 주며 자리에서 일어섰다. 잠시 흔들렸던 자신의 운명관을 다시 확신하는 듯한 표정이었다. 못내 아쉬워하던 사모가 따라 일어났다. 하지만 K가 느끼기에 만신은 뭔가를 본 것이 틀림없었다. 의구심을 버리지 못한 채, 일어나자 만신이 K에게 말했다. 어머니의 저승문을 열어 줘야 한다고, 이승도 저승도 아닌 곳에 끼어 있는 형국이라고, 진즉에 굿을 해 줬어야 했는데 어머니가 고집을 부렸다는 것이다. 보라는 점은 보지 않고, 난데없는 굿 타령이었다.

— 그럼 어머니 돌아가시라고 굿을 해야 한다는 말입니까?

K는 얼굴을 붉히며 말했다. 몸주신이 떠난 것도 모자라 정신도 나가 버린 게 틀림없었다. 방문을 열고 나가려던 교수 내외는 흥미로운 듯 이쪽에 귀를 기울이며 서 있었다.

— 막힌 게 어디 저승길만이랴!

만신은 신당 쪽으로 돌아앉았다.

— 뒤돌아보지 말고 바로 나가, 무당한테 인사하는 거 아녀!

엉거주춤 서 있는 일행에게, 만신이 말했다.

어머니가 위독하다는 여동생의 전화를 받은 것은 회를 곁들여 식사를 할 때였다. 마침 K의 어머니 건강이 화제가 되어 대화를 나누던 참이었다. K는 낭패감을 느꼈다. 여행 계획의 반도 채우지 못한 채 올라갈 수는 없는 노릇이었다. 그러나 상황을 눈치챈 사모가 볼 것은 이미 다 보았다고 상경을 재촉했다. 동의를 구하는 아내의 눈빛에 지도교수는 마지못해 응하는 것 같았다. 교수의 마뜩찮은 모습이 K를 더욱 참담하게 했다.

K의 어머니는 한 달째 병원 신세를 지고 있었다. 뇌졸중 증세로 지방 의료원에 입원했다가 약간 호전된 틈을 타서 서울 대형 병원으로 옮겼다. 의료 수준도 수준이지만 자식들이 모두 서울에 있어 지방 병원에 어머니를 두기에는 여러 가지로 불편했다. K와 여동생이 번갈아 가며 수발을 들었다. 그런데 오늘 오후 급작스런 호흡 곤란 증세로 중환자실로 옮겨졌다는 것이다. 인공호흡기를 댈지도 모른다고 수화기 너머 여동생이 울먹이며 말했다.

자칫 K가 도착하기 전에 어머니가 저세상으로 갈 수 있는 상황이었다. 인공호흡기는 절대 안 된다. K의 어머니는 이미 오래전 자식들에게 다짐을 받아 놓았다. 예전에 아버지가 인공호흡기를 대고도 수개월을 버티다 결국 고통 속에서 죽어 갔기 때문이었다. 병원비도 감당하기 어려웠지만 무엇보다 환자의 고통을 눈앞에서 지켜보는 것은 거의 고문에 가까웠다. 지체되는 죽음 앞에서 환자와 가족 모두가 어쩌면 저세상에는 없을지 모르는 지옥을 경험하고 있는 셈이었다. 병상의 아버지도 K를 대할 때마다 죽음을 바라는 눈빛을 보냈다. K의 어머니는 그 눈빛을 생생하게 기억하고 있을 터였다.

　―근데, 아까 그 무당이 왜 인사를 하지 말고 가라 했을까요?

　차에 돌아온 사모가 생각났다는 듯이 물었다. 사모의 머리는 녹은 눈 때문에 젖어 있었다.

　―뭐 제대로 점괘를 내지 못해서 그랬겠지, 아닌가?

　교수가 백미러를 통해 K에게 물어왔다. 대수롭지 않다는 말투였지만 확신은 없다는 표정이었다.

　―사령을 대하는 사람이라서 그런 거라고 들었습니다만…….

　K도 어린 시절에 어머니에게 물어본 적이 있었다. 집 고사를 지내고 나면, 인사도 받지 않고 말없이 사라지던 만신의 모습이 의아했기 때문이었다. 집안의 악한 기운이며 나쁜 귀신이 무당의 몸에 붙어 가기 때문이라고 어머니는 설명했다.

— 점집 잘못 갔다간 재수 옴 붙어 오겠군.

교수는 여전히 불편한 심기를 내비치고 있었다. K는 와이퍼를 작동시켜 창의 눈을 걷어 냈다. 눈발은 더욱 강해지고 있었다. 하늘과 산, 도로와 계곡이 모두 경계를 잃었다. 눈 이외에는 아무것도 보이지 않았다. 이 세상의 끝일 것 같은 저 하얀 풍경 너머, 불야성을 이루는 도시가 있다는 사실이 믿어지지 않았다. 멍하게 창밖을 응시하다 보면 흰색의 눈에 홀리는 기분이었다. 가끔 눈발 사이로 뭔가 검은 것들이 휙휙 지나갔다. 어쩌면 저세상과 이 세상의 경계마저 모호한 곳에 와 있는지도 몰랐다. 지금 K의 어머니가 맞닥뜨리고 있는 상황도 크게 다르지 않을 것이다.

무심결에 백미러를 바라보았다. 백미러 속에는 시커먼 어둠만이 고여 있었다. K는 소스라치게 놀라 뒤쪽으로 고개를 돌렸다. 교수 내외는 눈을 감은 채 서로 어깨를 기대고 있었다. K는 몸을 당겨 자신의 모습을 백미러에 비추어 보았다. 방금 설경에 혼을 빼앗겼던 하얀 얼굴이 어둠 속에 떠 있었다. 하루에도 수십 번씩 자존과 자멸 사이를 오가는 얼굴이었다. K는 피식 웃음을 흘리며 몸을 제

자리로 가져왔다.

차창 너머로 종종 사람이 오가는 것이 보였다. 멀지 않은 곳에 휴게소가 있는 모양이었다. 일부는 차를 버리고 아예 인근 마을의 민박이나 펜션을 찾아 나서는 것 같았다. 연인끼리 혹은 가족끼리 설경을 배경으로 사진을 찍고 즐거워하는 모습은 더 이상 볼 수 없었다. 눈싸움을 하던 아이들의 재잘거리는 소리도 들리지 않았다. 줄지어 서 있는 차들의 붉은 백라이트만이 눈발 속에서 흐릿하게 빛났다.

어떻게 하은 언니는 코빼기도 안 비쳐?

여동생에게 온 카톡 메시지였다. 다급한 일이 아니면 연락은 문자로만 하라고 여동생에게 일러두었다. 교수 내외에게 괜한 부담을 주고 싶지 않았다.

어머니 어떠시니?

K는 일부러 화제를 돌렸다.

엄마가 자꾸 가자구 해

어딜?

집, 죽어도 집에서 죽고 싶대

애초에 서울로 모신 것이 잘못일 수 있었다. 지방 병원의 의료진은 서울로 옮기다 병세가 더 악화

될 수도 있음을 경고했다. 언제 숨을 거둘지 모르는 칠십 노인을 반길 병원은 그리 많지 않을 거라고도 했다.

K는 외투를 챙겨 입고 조용히 차문을 열었다. 차 안으로 흰 눈이 쏟아져 들어왔다. 눈은 이미 차의 바퀴 상단까지 쌓였다. 차 밖으로 나오자 찬 기운이 K의 몸을 파고들었다. 밤이 깊어질수록 기온이 빠르게 내려가고 있었다. 혹 기름이라도 바닥나면 이제는 혹독한 추위와 싸워야 할 판이었다. 3차선 도로 오른쪽으로 깎아지를 듯한 절벽이 있었고 왼쪽 밑으로는 3미터 정도 아래 계곡물이 흘렀다. K의 차가 서 있는 곳은 상행 2차선 내리막길 중간 즈음이었다. 도로 옆에는 사고 위험이라는 표지판이 있었다. 도로는 약 500미터 정도 직선으로 뻗어 있었다. 다소 경사도가 있어 빙판길이라도 생기면 큰 사고로 이어지기 십상인 도로였다. K는 담배를 꺼내 불을 붙였다. 그때, 차창이 열리는 소리가 났다.

—자네, 휴게소에서 김밥이나 뭐 좀 사 올 수 있겠나?

막 잠을 깬 듯한 쉰 목소리로 지도 교수가 말했다. 그러고 보니 일곱 시간째 아무것도 먹지 못했다. 조금 열린 차창 틈으로 만 원짜리 한 장이 달랑거렸다. 담배를 얼른 비며 끄며, 돈은 괜찮다고 사양했다. 어서, 줌네, 교수가 채근했다. 실랑이를 벌이는 사이 교수의 손가락 사이에서 지폐가 떨어졌다. K가 주우려 하자 바람에 팔랑거리며 저만치 날아갔다. 바로 뛰어갔지만 지폐는 다시 몸을 날려 계곡의 눈발 속으로 사라졌다. 뒤돌아보았을 때 차창은 닫혀 있었다. K는 화끈거리는 얼굴을 두 손으로 비볐다.

휴게소는 차에서 걸어 약 30분 정도 떨어진 곳에 있었다. 퍼붓는 눈발 너머로 흐릿하게 휴게소의 불빛이 보였다. 하얀 허공에 뜬 불빛은 조등처럼 가물거렸다. 휴게소 바로 뒤편은 울창한 소나무숲이었다. 수령이 수백 년은 넘었음 직한 거대한 소나무들이 허연 눈덩이를 이고 있었다. 휴게소 안은 사람들로 가득했다. 휴게소 안 식당과 커피 전문점은 불이 꺼졌고 편의점은 텅 비었다. 탄산 음료가 진열되어 있을 뿐이었다. 하나같이 납빛인 사람들의 얼굴에는 불안을 넘어 공포감마저 서려 있었다. 대화조차 끊긴 채 멍하니 통유리 너머의 눈을 바라봤다. 텔레비전 소리만이 간간히 들려올 뿐 휴게소 안은 무거운 침묵이 흘렀다. 봄에 내린 눈은 이제 더 이상 동화 나라의 신기한 풍경이 아니었다. 사람들은 저 눈이 자신마저 하얗게 지워 버릴 수 있다는 사실을 깨닫기 시작한 것이다.

나 지금 눈에 갇혔어

통유리에 기댄 채로 하은에게 카톡을 넣었다. 어쩐지 어리광이라도 부리고 싶었다. 요즘 들어 하은은 K의 전화를 받지 않았다. 하루에 두세 번씩 넣는 문자에도 답변이 없었다. 물론, 먼저 전화를 걸어오지도 않았다. 벌써 일주일을 넘겼다. 어머니만 아니라면 당장 집에라도 찾아가 보고 싶었다. 교수와 사모는 이왕이면 하은도 여행을 함께하자고 했다. 그러나 K는 하은에게 말조차 꺼내지 못했다. 얼마 전, 하은은 부부 동반의 학과 신년 교례회에 함께 가자는 K의 부탁을 거절했다. 결혼도 하지 않은 채, 그런 자리에 서기가 불편하다는 이유였지만 싸움은 엉뚱하게 흘러갔다. 전임이 뭔데 결혼까지 미뤄야 해? 하은은 울부짖듯 말했다. 명색이 시인이라는 애가 왜 이렇게 결혼에 목을 매는 건데? 참다못해 K가 빈정댔다. 둘은 그런 식으로 삐걱거렸다.

하은은 박사 두 학기 되던 해, 공부를 그만두었다. 자리를 놓고 벌어지는 선배들 간의 물밑싸움에 치를 떨었다. 대신 학부 시절 그만두었다는 시를 다시 쓰기 시작했다. 몇 년 전 계간지 신인상을 수상하더니 최근에는 첫 시집을 준비하고 있었다. K는 유망한 신인으로서 점점 이름을 얻고 있는 하은이 또하나 넘어야 할 산처럼 보였다. 그렇잖아도 그녀는 진작부터 K의 태도를 못마땅하게 여겼다. 연구는 뒷전이고 거의 대필에 가까운 교수의 논문 정리에다가 운전기사와 비서 노릇까지. 가방모찌는 아무나 하는 줄 알아? K는 하은에게 신경질적으로 외치곤 했다. 하지만 하은이 그런 문제를 지적할 때마다, K는 견딜 수 없는 모멸감을 느껴야 했다.

아직도 못 빠져나왔어?

얼마 되지 않아 카톡 메시지가 도착했다. K는 환해진 얼굴로 메시지를 읽었다. 그러나 발신자는 하은이 아니라 여동생이었다. 살짝 맥이 빠졌다.

그래 아직

생각나? 내가 오빠 냉동창고에 가둔 일

피서 한번 오지게 했지

내가 얼음 땡 하니까 진짜 정신 돌아오드라 ㅋㅋ

사실 나오고 싶지 않았어

에구구, 졸음과 함께 왔다는 그 천국 같은 쾌감?

오르가즘이라고 해 줘

됐구요, 방금 신랑 왔어

박 서방한테 미안하다고 전해

미안하긴, 사위는 자식 아닌가?

그래도…….

엄마가 또 가자고 해

노인네…….

집으로 가자는 말이 아닌 거 같아

그럼?

아버지한테로

무슨 말이야?

아버지가 부른대

이젠 정신마저 오락가락 하시네

아냐, 정말 와 계신 것 같아

뭔 말이야?

엄마 표정이…….

너 많이 지쳤구나

그래 보여?

됐다

K는 카톡을 중단했다. 정말 저세상이 존재한다면, 그래서 돌아가신 아버지와 함께 천년만년 행복하게 살 수 있다면, 얼마든지 어머니를 보내 줄 수 있었다. 하지만 아직은 아니었다. 전임을 따는 모습만은 보여 드리고 싶었다. 사실, 얼마 전 K는 지방의 모 대학 전임 강사 자리를 얻을 수 있었다. 선배가 교수로 있는 대학에서 자리가 하나 난 것이다. 그러나 K는 정중하게 사양했다. 언제 망할지 모르는 신설 대학일 뿐더러 1억 원의 '지참금'이 필요했다. 돈은 어떻게든 어머니가 마련해 줄 수 있었을 것이다. 비록 이름 없는 대학이라 하더라도 없어서 못 가는 판이었다. 주위 사람들은 K의 결정에 혀를 내둘렀다. 그 대학은 얼마 전 도립대학과 합병되면서 재정이 안정되고 인지도가 높아졌다. 지금 생각해 보면 아까운 기회이기도 했다. 그 자리는 다른 동기에게 넘어갔다.

사실, K는 모교를 떠나고 싶지 않았다. 최근 지도 교수 주도로 진행되고 있는 프로젝트가 점차 본궤도에 오르면서 K의 역할은 더욱 중요해졌다. 지도 교수의 신뢰를 얻은 판에, 이삼 년만 고생하면 모교의 전임을 바라볼 수 있었다. 아직까지 상황은

K에게 유리하게 굴러갔다. 선배 두 명이 전임으로 임용되어 학교를 떠났고 동기 한 명은 대치동 학원가로 빠졌다. 후배들 중에 크게 두각을 나타내는 사람은 없었다. 그 외의 사람들은 교수가 목적이기보다는 직업상 학위가 필요한 사람들이었다. 적어도 지도 교수의 제자들 중에서는 경쟁자가 없었다. 다만 줄을 잘 섰다고 교수 되는 시절은 지났다는 말로 지도 교수는 가끔 연막을 치곤 했다.

그때였다. 가까운 곳에서 쿵, 하는 굉음이 연이어 들려왔다. 진동도 느껴졌다. 천둥 같기도 했고 폭발 소리 같기도 했다. 여기저기서 사람들의 비명이 들려왔다. 이번엔 뭔가가 제대로 날카로운 이빨을 드러낸 것 같았다. 여기저기 하얗게 질린 얼굴들이 떠다니고 있었다. 휴게소 밖으로 나가려는 사람과 다시 들어오는 사람들로 아수라장이었다. 비명은 우왕좌왕하는 사람들 사이로 전염되어 더 크게 퍼졌다. 째질 듯한 아이들의 울음소리도 그치지 않았다. 그러나 휴게실 안 어디에도 문제는 없어 보였다. 굉음의 원인을 알 수 없다는 것이 사람들의 공포감을 더 자극했다. 그때 스피커를 통해 안내 방송이 흘러나왔다.

─고객 여러분 진정하세요. 눈 무게에 못 이겨 소나무 가지가 부러지는 소리입니다.

휩쓸어 갈 듯 허연 이를 드러내며 밀려오던 파도가 K의 눈앞에서 맥없이 무너졌다. 그때서야 휴게소 안의 소란은 진정되었다. K는 창 너머로 쏟아지는 눈발을 바라보았다. 차들이 도로에 줄지어 서 있었다. 드문드문 붉은 백라이트가 켜졌다. 세워진 차 지붕 위에는 거의 차창 높이만큼 눈이 쌓였다. K는 꽉 막혀 옴짝달싹할 수 없는 상황이, 무겁게 눈덩이를 인 자동차가 딱 그의 처지와 닮았다는 생각을 했다. 막힌 게 어디 저승길만이겠냐고 호통을 치던 만신의 목소리가 귓가에 맴돌았다. 휴대폰 수신음이 요란스럽게 울렸다. 이번엔 여동생의 남편인 박 서방 전화였다.

─형님, 장모님이 혀를 물었어요, 턱이 안 떨어져요.

박 서방이 숨넘어갈 듯 외쳤다. 거대한 파도가 다시 몸을 세우며 다가오고 있었다.

─왜, 왜 그런대?

K는 저도 모르게 말을 더듬었다.

─심근경색이 왔답니다.

온몸의 힘이 다 빠져나가는 것 같았다. 드디어 올 것이 왔다. 심근경색이 재발하면 생존율은 더 떨어지는 것이다. 박 서방의 목소리 너머 들려오는 소리가 상황을 충분히 짐작하게 해 주었다. 여동생의 울음소리와 전기 충격기를 올리라는 의료진의 고함, 그에 반응하는 차가운 기계음 등.

— 뭐야, 지금 돌아가시는 거야?

떨리는 목소리로 K가 물었다. 아닐 것이다, 이러다가 다시 숨이 돌아오리라. K는 눈앞에서 삽시간에 사라져 버리던 저진의 파도를 떠올렸다.

— 모르겠어요, 지금 몇 분째 맥박이 돌아오지 않습니다.

박 서방은 혀를 물고 있는 턱이 워낙 경직되어서 입을 벌리기도 싫지 않은 상태라고 덧붙였다. 심근경색이 심하게 오면 환자가 무의식적으로 혀를 문다는 얘기를 K는 들은 적이 있었다.

— 박 서방, 내 말 잘 들어. 인공호흡기 대라고 해.

K는 차분함을 가장한 말투로 말했다. 밀려오던 파도가 주춤했다.

— 하지만 장모님께서 절대 안 된다고······.

— 괜찮아, 내가 책임져. 무슨 말인지 알겠지?

박 서방은 알았다는 말과 함께 전화를 여동생에게 넘겼다.

—여보세요, 오빠, 엄마 혀가…….

여동생은 울음을 참느라 말을 제대로 잇지 못했다.

—인마, 정신 차려! 어머니 안 돌아가셔. 일단 인공호흡기 대자. 그러다가 상황이 좋아지면 다시 뗄 수도 있으니까.

인공호흡기를 다시 뗄 가능성은 희박했다. 다만 죽음이 유예될 뿐이었다. 그러나 지금 상황에서는 스스로에게조차 그렇게 위로할 수밖에 없었다. 휴대폰 너머로 여동생의 울음은 그칠 줄 몰랐다. 얼마 안 가 어머니의 맥박이 돌아왔다는 박 서방의 목소리가 들려왔다. 전화를 끊자 사람들의 시선이 모두 K에게 향했다. 누군가 뜨거운 커피를 권했다. K는 고맙다는 인사를 하고 서둘러 휴게소를 나왔다.

K가 차에 돌아왔을 때 교수 내외는 자다 막 깨어났다. 휴게소의 사정을 설명하자 백미러에 비친 사모가 얕은 한숨을 쉬었다.

—그러게 내 말을 듣지 그랬나.

지도 교수의 말이 다시 K의 귀에 날카롭게 파고

들었다. 교수는 기어이 K가 고속도로가 아닌 국도
를 택한 것을 힐난했다. 사모가 남편의 옆구리를 치
며 눈치를 주었다. 그러나 단단히 굳은 교수의 얼굴
은 좀처럼 풀어지지 않았다. 여행을 제대로 마치지
도 못하고 귀중한 시간을 도로에서 허비하게 만든
모든 잘못이 K에게 있었다. 교수의 원망에 K의 속
은 더욱 타들어 갔다.

　—그래, 어머니는 괜찮대요?

　사모가 물었다.

　—네, 괜찮습니다.

　K의 목소리는 티가 날 정도로 떨렸다.

　—걱정 말아요, 어머니가 어떻게 뒷바라지한 아
들인데, 꼭 기다릴 거예요.

　기다린다는 말에 K는 목이 메어 왔다. 애써 헛
기침을 했다. 그때 운전석 차창을 두드리는 소리가
났다. 창문을 열어 보니 군인들이 서 있었다. 방한
마스크를 써서 눈만 보였다. 그들은 빵과 우유, 생
수 따위를 넣어 주었다. 산 아래에 있는 군부대에
서 구호품을 매고 직접 걸어 온 듯 싶었다. 마스크
를 벗은 군인이 담요도 필요하냐고 물었다. K는 대
답 대신 휘발유는 구할 수 없느냐고 물었다. 군인

들은 고개를 저었다. 할 수 없이, 담요 세 장을 받아 두 장은 교수 내외에게 건네주었다. 새벽을 넘기면서 자동차의 기름이 바닥나고 있었다. 벌써 수 시간째 시동을 켠 채 히터를 작동시킨 터였다.

— 기름이 다 떨어져 갑니다. 민박을 얻어야 할 것 같습니다.

K가 백미러로 교수의 눈을 마주치며 말했다. 교수는 허겁지겁 빵을 먹고 있었다.

— 방이 남아 있겠나? 눈이 그칠 것 같으니 조금 버텨 보지.

교수는 내키지 않는다는 표정으로 말했다. 사모가 옆에서 우유를 권했다.

— 그럼, 휴게소에 가 계시는 게 어떨까요? 저는 시동을 끄고 좀 더 기다려 보겠습니다.

잠시 생각에 젖던 교수는 이내 고개를 끄덕였다. 그래도 어떻게 혼자 두고 가요, 사모가 말했다. 그렇다고 차를 버릴 수는 없잖아, 교수가 신경질적으로 외쳤다. K는 그 말이 야속하게 느껴졌지만 일리가 없지는 않았다. 언제 제설 작업이 시작될지 몰랐다. 누군가는 차 안에 남아 있어야 했다. 두 사람은 빵을 마저 먹은 뒤에 차를 나섰다. 외투 위로 방금 받은 담요를 걸쳤다. 그럼 이따 보세. 교수와 사모는 K에게 손짓을 하며 멀어졌다. 이내 눈발 너머로 모습을 감췄다.

어머니 어떠시니?

차의 시동을 끄고 여동생에게 문자를 넣었다.

고비 넘겼어

의식은?

돌아오신 것 같아

K는 비로소 안도의 한숨을 쉬었다. 파도가 다시 물러간 셈이었다.

혀는?

혀끝이 약간 잘렸대

뭔가 하나 긴장이 풀어진 듯했던 가슴이 다시 죄어 왔다. 어머니는 이제 아버지가 겪은, 그 말할 수 없는 고통 속에 놓이게 된 것이다. 살아 뭔 죄를 지었다고, 언젠가 인공호흡기를 댄 채 고통스러워하는 아버지를 앞에 두고 어머니가 말했다. 그리던 남편이 손짓하고 있는, 그러나 좀처럼 열리지 않는 죽음의 문 앞에서 어머니는 K를 원망하고 있으리라. K는 담요를 뒤집어쓰고 의자를 뒤로 젖혔다.

또 같은 꿈이다. 어머니의 가게 깊숙이 자리한 4평 정도의 냉동창고였다. 흰 서리를 잔뜩 뒤집어쓴 동태와 오징어를 담은 궤짝, 미처 팔지 못한 건어물 들이 켜켜이 쌓여 있다. 이미 여러 번 문을 두드려 봤지만 소용이 없다. K의 몸이 덜덜 떨린다. 혈액을 돌게 하려는 몸의 필사적인 반응이었다. 그러나 추위에 반응하는 감각은 곧 무뎌진다. 대신 졸음과 함께 온몸을 휘감는 야릇한 쾌감이 몰려온다. 그 쾌감은 삶과도 맞바꿀 수 있을 만큼 충분히 매혹적이다. 죽음의 순간은 역설적이게도 이처럼 믿을 수 없는 행복감으로 충만해진다는 걸 K는 경험으로 알고 있다. 원래대로라면 곧 문이 열리며 빛이 쏟아진다. 아버지의 우악스러운 손길이 K를 들어 문밖으로 내팽개친다. 한여름의 햇빛이 창날처럼 몸의 세포 하나하나에 꽂힌다. 그리곤 격렬한 고통 속에서 잠을 깬다. 그런데 이번에는 환한 빛이 보이지 않는다. 아버지의 손길도 나타나지 않는다. 웅크리고 있던 몸을 일으킨다. 관절과 근육에서 종이 구겨지는 소리가 난다. 문 쪽으로 걸음을 옮긴다. 한 걸음 한 걸음 내디딜 때마다 몸이 휘청휘청한다. 하체의 느낌은 전혀 없이 상체만이 공중에 떠 움직이는 듯하다. 생선 궤짝에 부딪히기라도 하면 허리 밑이 와르르 부서져 내릴 것 같다. K의 눈앞에 라이터가 보인다. 라이터를 집어서 켠다. 예상외로 불꽃이 크게 타오른다. 어머니의 파리한 얼굴이 나타난다. 고통으로 일그러져 있다. 불꽃이 희미해진다. 다시 한 번 라이터의 불을 당긴다. 하은의 옆모습이 보인다. 여전히 화가 나 있다. 불이 꺼진다. 라이터를 몇 번이고 켠다. 더 이상 불꽃이 일지 않는다. 주위는 완전한 어둠에 휩싸인다. 시간마저 얼어 버린 듯, 죽음에의 유혹조차 없다.

갑작스런 자동차 경적 소리에 K는 눈을 떴다. 추위로 온몸이 으스스 떨려 왔다. 그간 차 안의 온기가 완전히 식었다. 앞창 너머로 경광등이 요란하게 돌아가고 있었다. 제설 차량이 도착한 것이다. 실로 구원이 있다면 이를 두고 말하는 것이리라. 기상청의 엉터리 예보나 도로 공사의 뒷북 행정 등에 대한 불만은 눈 녹은 듯이 사라졌다. 열 시간여 만에 차가 움직일 수 있는 순간이었다. 눈이 그친 것은 아니었지만 눈발은 눈에 띄게 약해졌다. K는 휴대폰의 카톡을 열어 보았다. 역시 하은에게서 답장은 없었다. 여동생의 메시지도 없는 것으로 보아 어머니는 안정 상태인 듯했다. 때마침 지도 교수에게서 전화가 왔다. 지금 열린 길을 따라 걸어오고 있다고 말했다.

경광등을 단 제설 차량이 경고음을 울리며 가까이 다가왔다. 운전자들이 경적을 울렸다. 제설 차량에는 거대한 흡입기가 장착되어 있었다. 입과 항문이 거꾸로 달려 있는 듯한 형상이었다. 입에 해당하는 아래쪽 흡입구에서 눈을 빨아올려 항문에 해당하는 위쪽 배출구로 다시 눈을 뿜어냈다. 배출구에서 갓 나온 눈은 만장처럼 흩날리다가 이내 어둠으로 사라졌다. 아스팔트 도로가 드러날 정도는 아니었지만 웬만큼 차가 다닐 수 있는 길이 열렸다. 한 떼의 무리가 제설 차량 뒤에서 멀찍이 걸어오는 것이 보였다. 휴게소에서 돌아오는 사람들이었다. 무리 속에 교수 내외가 있을 것이다. 그런데 K에게 그 모습은 왠지 비현실적으로 느껴졌다. 주위는 온통 흰색이었고 그 너머는 새까만 어둠이었다. 헤드라이트가 수만 개로 잘게 부서진 눈발을 비추었다. 그 속의 검은 무리는 마치 저 너머의 세계에서 건너오는 몸 없는 존재들처럼 흰 공간에 떠 있었다.

　제설 차량이 지나자마자 버스 한 대가 버려진 자동차를 피해 맞은편 도로로 나섰다. 중국인 관광객들을 실은 관광버스였다. 버스가 움직이자 버스 지붕 위에서 눈덩이가 우르르 쏟아졌다. 버스의 움직임이 심상찮았다. 몇 번 헛바퀴를 돌더니 속도를 늦추지 않고 직진했다. 길이 내리막길이라 버스에 더 큰 가속도가 붙었다. 핸들을 돌리면 그대로 3미터 아래 계곡으로 구를 수도 있었다. 버스는 계곡의 낭떠러지를 피하려 차량이 줄지어 서있는 쪽으로 향했다. 그새 빙판길이 된 도로는 버스를 그냥 놔주질 않았다. 차량 몇 대를 스쳐 지나면서 버스는 무서운 속도로 미끄러져 내려갔다. 행인들을 덮쳤다.

　갑자기 암전된 듯 눈앞이 깜깜해졌다. 행인들을 덮친 것보다도 더한 충격이 K의 온몸에 가해졌다. 차창 바로 앞에서 제설차량이 멈췄다. 차문을 열자, 흡입기의 기계음이 고막을 찢었다. 경광등이 요란하게 돌아가고 경고음도 계속해서 울렸다. 사람들이 사고 현장으로 뛰어갔다. 미끄러운 길 따위 상관없었다. K는 휴대폰을 들어 통화 버튼을 눌렀다. 순간 발밑이 헛돌면서 길 위에 나자빠졌다. 엉덩이와 허리에 이루 말할 수 없는 통증이 몰려왔다. 어디선가에서 희미하게 음악 소리가 들려왔다. 요한 슈트라우스의 「봄의 소리」 왈츠였다. 방금 놓쳐 버린 휴대폰에서 흘러나오는 소리였다. 지도 교수가 아닌 하은의 버튼을 잘못 누른 듯했다.

눈 위에 누운 채로 하늘을 바라보았다. 수천 개의 눈송이가 어둠 속에서 원을 그렸다. 왈츠처럼 우아한 몸짓으로 지상에 내려앉고 있었다. 얼굴에 묻은 눈이 녹으면서 눈물인 듯 흘러내렸다. 눈이 감겼다. 서서히 통증도 가라앉았다. 엄청난 피로감과 함께 야릇한 졸음이 몰려왔다. 당장은, 이 하얀 지옥에 갇혀 있고 싶었다. 더 이상의 시간은 유보된 채로, 허연 이빨을 번뜩이는 저 어둠의 거대한 아가리가 천천히 입을 다물 때까지.

틈

1

빛은 물러가고 어둠이 그 자리를 채운다. 거실 바닥의 피 얼룩이 드러난다. 크기도 점점 커져 간다. 그것은 어둠이 짙어질수록 더 넓어지는 동공과 닮았다. 빛에 조응하는 속성이며 보는 이를 빨아들일 것 같은 매혹도 담고 있는지 모르겠다. 얼룩은 엄마가 흘린 핏자국이었다. 경찰의 권유대로 특수 청소 업체를 불렀지만 소용없었다. 청소 업체 직원들이 집 안 곳곳에 코팅해 준 피톤치드 향이 사라지자 피비린내가 나기 시작했다. 피 냄새는 얼룩이라는 형상을 얻었고 얼룩은 어둠을 불러왔다.

엄마는 내가 죽인 것이 틀림없었다. 엄마의 입술, 게 다리를 쪽쪽 빨던, 잔뜩 주름지고 불어터진 입술이 한몫했는지 모르겠다. 한바탕 매의 향연이 끝나고 나면 늘 그렇듯, 그날도 엄마는 저녁 식탁을 푸짐하게 차렸다. 여느 날과 다른 게 있었다면 밥만 차려 준 것이 아니라, 내 앞에 앉아 함께 식사를 했다는 점이다. 그날의 메인은 대게찜이었다. 대게의 살점을 골라 먹는 엄마의 입술은 연체동물의 빨판처럼 쉴 새 없이 꼼지락거렸다. 수많은 남자의 좆도 그렇게 쪽쪽 빨아 댔을 것이다. 엄마는 껍데기를 깨물어 속살을 남김없이 골라 먹었다. 오도독, 오도독, 소리는 끔찍했다. 게다가 내 밥 위에 살이 통통히 오른 게 다리 하나를 올려놓았다. 이해할 수 없는 노릇이었다. 평소 우리는 식사를 함께 하지 않을 뿐더러 그런 식의 친절은 베풀지 않았다. 우리는 마주할 때마다 금 간 거울을 보듯 어긋나 있는 서로의 모습을 발견하곤 했다. 그것은 마치 피카소의 그림처럼 기이한 모습이었으며 난자당한 시체만큼이나 끔찍했다.

어쩌면 멧돼지, 자기 새끼를 잡아먹던 멧돼지 때문일 수도 있었다. 마침 티브이 화면에서는 야생 멧돼지에 대한 환경 다큐가 나오고 있었다. 예닐곱 마리의 새끼들이 아귀같이 어미젖을 빨아 댔다. 그런데 내레이터의 목소리가 다급해지면서 어머, 어머, 딸꾹질 같은 엄마의 놀란 목소리가 들려왔다. 어미가 새끼들 중 가장 작은 놈 하나를 앞발로 눌렀다. 새끼가 아우성치며 몸을 비틀었다. 어미는 새끼를 앞발로 끌어와 입속에 넣었다. 오도독, 오도독, 뼈가 씹히는 소리와 함께 어미의 입에서 뚝뚝 핏물이 떨어졌다. 엄마가 게 껍데기를 씹던 소리와 놀랍도록 똑같았다. 어머머, 어머머, 엄마는 과일을 깎다 말고 연신 탄식을 내뱉었다. 어머머, 오도독, 어머머, 오도독, 왠지 박자가 잘 맞았다. 엄마의 탄식이 끝날 때마다 손에서는 식칼이 번뜩였다. 내레이터는 충격적인 장면이라며 흥분을 감추지 못했다. 새끼 수를 줄이기 위한 고육지책이라는 전문가의 설명이 뒤따랐다. 단백질 보충이 된다면 일거양득이라는 말도 덧붙였다. 비위가 상했다. 나는 젓가락을 소리 나게 내려놓으며 일어섰다.

— 앉아!

엄마가 건조한 목소리로 말했다. 건조하다기보다는 음산했다. 여차하면 또 골프채라도 들 태세였다. 감각조차 없던 엉덩이와 허벅지 부근이 뻐근해왔다. 나는 멈칫한 채, 다시 앉지도 그렇다고 그 자리에서 벗어날 수도 없었다. 쓰읍! 엄마의 입술에서 나는 소리였다. 살짝 흰 이가 드러나다가 입술이 굳게 닫혔다. 자신의 말을 거역하지 말라는 뜻이었다. 순간적으로, 집안의 모든 공기가 엄마의 입술 사이로 빨려 들어가는 듯했다. 그 때, 내 무의식의 가장자리가 파르르 떨고 있었는지 모르겠다. 엄마 손에 들린 식칼이 세모꼴로 씨익, 하고 쪼갰으니 말이다. 그러나 그런 식의 살의는 성욕처럼 강렬한 것이긴 했지만 이내 사그라지는 법이었다. 거대한 몸을 세웠다가 육지에 이르러 맥없이 몸을 허무는 파도와 같이 말이다. 다시 말하면 의식 이쪽으론 절대로 넘어와서는 안 되는 의지였다. 그런데 그 무의식의 거대한 파도가 허물어지기도 전에 내 손은 이미 식칼에 가 있었다. 식칼은 이내 엄마의 왼쪽 어깻죽지를 찔렀다. 어머, 하고 엄마는 어깨를 움츠리며 비명을 질렀다. 제기랄, 또 어머였다. 그건 비명이 아니라, 이를테면 교성처럼 들렸다. 막무가내로 꽂고 들어오는 남자의 좆을 하릴없이 받아들이는 소리. 칼끝은 깊게 박히지 않았다. 그런데 성감을 실은 그 소리가 나를 자극했다. 식칼의 손잡이 부분에 내 몸의 하중이 실렸다. 어렵사리 경직된 근육을 뚫은 칼끝은 이내 근육 아래쪽으로 미끄러져 들어갔다. 굉장한 힘이었다. 하마터면 칼 손잡이뿐만 아니라 내 손도 빨려 들어갈 뻔했다. 그때서야 엄마는 비명 같은 비명을 질렀다. 반쯤 벗겨진 사과가 내 발등 위에 떨어졌다. 전율이 내 손을 타고 올라왔다. 식칼의 쾌감인지 나의 쾌감인지, 아님 엄마의 쾌감인지 알 수 없었다.

— 내…… 내가, 처…… 처리 해…… 주준 거…… 거야.

이런 제길, 순간 말더듬증이 튀어나왔다. 이미 오래 전에 고쳐진 거라고 믿고 있던 터였다. 음절과 음절 사이의 틈에서 모래가 마구 쏟아지는 느낌이었다. 내가 칼에서 손을 떼자 엄마는 어깻죽지에 칼을 꽂은 채로 일어났다. 그러곤 내 쪽으로 뒤돌아섰다. 왼쪽 눈이 감기고 입은 벌어진 채 입술은 위쪽으로 살짝 돌아가 있었다. 얼굴색이 붉게 물들었고 이마엔 세 겹 굵은 주름이 그어졌다. 긴 머리카락이 왼쪽으로 쏠렸다. 어깨에서는 쿨럭쿨럭 핏물이 새어나오고 있었다. 그런데 엄마는 고통스러워하거나 두려워하는 기색이 없었다. 정말 내가 자신의 삶을 처리해 주기를 바랐던 것일까? 절망이나 분노의 표정조차 읽을 수 없었다. 엄마는 골프채를 잡는 대신, 내게 어서 나가라는 손짓을 했다. 그 모습은 왠지 익숙했다. 어릴 적, 집을 나설 때 자주 보았던 모습이었다. 머리와 어깨 사이에 휴대폰을 끼워 넣은 채 내 책가방을 들려 주며 학교 가기를 재촉하는. 오랜만에 보는 그 모습은 내가 방금 저지른 일을 까맣게 잊게 해 주었다. 덕분에 나는 크게 놀랄 것도 없이 신발을 신고 집을 나왔다.

경찰의 전화를 받은 것은 밤 12시가 넘어서였다. 날을 샐 생각으로 피시방에서 죽치고 있던 참이었다. 경찰서에 도착했을 때 엉뚱하게도 아빠가 구치소에 들어가 있었다. 상황을 보니 결국 엄마는 죽어 버린 듯했다. 경찰 누나가 나를 위로해 주었다. 오랜만의 따뜻한 품속에 안겨서였는지 나도 모르게 눈물이 나왔다. 급기야는 엉엉 울었다. 경찰이 도착했을 때가 열 시 정도였다고 했다. 그렇다면 엄마는 세 시간 이상 어깻죽지에 칼을 꽂은 채로 있었던 셈이었다. 사건 현장에서 아빠는 현행범으로 체포되었단다. 경찰은 눈곱만치도 나를 의심하지 않았다. 죽어 가면서도 엄마는 어떻게 하면 아빠를 골려 줄 수 있을까 고민했을 것이다. 전화를 걸어 갖은 협박으로 아빠를 집에 오게 했을 것이다. 어깻죽지에서 벌컥벌컥 솟아오르는 핏물을 쳐다보면서 말이다. 보라구, 이건 당신 짓이야! 이윽고 아빠가 도착했을 때, 피 칠갑을 한 엄마는 그렇게 외쳤을 것이다.

2

거실 천장의 전등 위에는 흰 끈이 놓여 있다. 엄마가 천장 속 철제 지지대에 매달아 놓은 끈이었다. 여차하면 엄마는 저것에 목을 맬 생각으로 살았다. 그런데 죽음을 상기시키는 것은 오히려 죽음을 끊임없이 지연시키는 건지도 몰랐다. 이를테면, 언제라도 죽을 수 있으리란 생각이 바로 지금의 결단을 주저하게 만드는 것이다. 엄마는 죽고 싶어 안달난 사람이었다. 형이 죽고 난 후, 몇 번이나 자살

시도를 했다. 아빠가 집을 나가고부터는 하루도 술을 마시지 못하면 잠자리에 들지 못했다.

　새벽녘, 거실 창으로부터 새파란 달빛이 쏟아지던 날이었다. 거실 한가운데에 식탁을 가져다 놓고 그 위에 엄마가 올라가 있었다. 등을 보이고 거실 밖의 달빛을 받으며 앉은 채였다. 두 무릎을 껴안고 어깨를 들썩였다. 나는 꼼짝하지 않고 서 있었다. 오줌이 마려워 막 거실로 나오려던 참이었다. 나는 안방 화장대의 거울이 깨지던 날처럼 곧 세계에 쩌억, 하고 균열이 생길 거라 예감했다. 그래서 어떤 틈이, 인과율과는 무관한, 저 너머의 세계가 하얗게 이빨을 드러내리라.

　엄마는 내 쪽으로 고개를 돌렸다. 어둠 속에서도 마스카라가 번진, 엄마의 얼굴이 뚜렷하게 보였다. 넌 네 형을 잡아먹고 온 애야, 그렇지? 엄마는 그렇게 말했다. 엄마는 일어나 흰 노끈의 동그라미 안으로 머리를 밀어 넣었다. 나나 아빠나 다 똑같은 놈이란 듯이, 그래서 똑똑히 봐 두란 듯이, 엄마는 씨익 웃으며 발을 떼었다. 나는 뛰어가 엄마의 다리를 잡았다. 거의 반사적인 행동이었다. 엄마는 반항했지만 허공에 매달린 엄마의 몸은 중학생의 힘으로도 간단히 제압할 수 있었다. 식탁에 발을 디딘 엄마는 모래처럼 허물어졌다. 그때 엄마와 나 사이에 벌어진 틈은 아마 끝간 데 없이 펼쳐진 사막이었는지 몰랐다. 마구 모래가 쏟아져 내렸으니 말이다. 그 후론, 엄마와 나는 모래로 숨을 쉬는 듯했다. 거실 가득 모래가 떠다녔고 우리는 모래 속을 헤엄치듯 걸었다. 모래의 공기를 쉬었을 뿐만 아니라 모래의 밥을 먹었고 모래의 물을 마셨다. 모래의 숨을 토해 내고 모래의 오줌과 똥을 누었다.

나는 얼마 남지 않았던 수능을 무사히 볼 수 있었다. 아빠가 나 대신으로 죄를 뒤집어 쓴 덕분이었다. 담임과 상담 교사, 복지사들의 노력은 감동적이었다. 고3 수험생이 맞은 불행을 자기 일처럼 아파해 주었다. 나는 그들의 노력에 화답하듯 평소보다 좋은 성적을 내고 괜찮은 대학의 합격 통지서를 받았다. 수능이 끝난 날, 학교 친구들이 놀러왔다. 우리는 처음으로 취하도록 술을 마셨다. 함께 기숙사 생활을 하며 지냈던 친구들이었다. 놈들은 대개 모범생이었다. 나도 본의 아니게 엄마를 칼로 찔렀을 뿐이지, 학교에선 모범생 축에 끼었다. 술은 커녕 여자 손조차 만져 본 적이 없으니.

— 내가 너희들의 진정한 친구로 남을 수 있을까?

술에 취해 내가 지껄였다. 편지글 읽는 듯한 내 말투를 친구들은 좋아했다. 어렸을 적 말더듬증 치료를 받으면서 굳어진 말투였다.

— 아빠가 그런 거지, 네가 그런 거냐? 상관없어.

친구들이 이구동성으로 말했다.

— 엄만 내…… 내가 주…… 죽였어.

갑자기 혀가 굳어 왔다. 말과 말 사이에서 마구 모래가 쏟아지는데도, 바닥에 난 얼룩이며 거실에 가득한 피 냄새 얘기 따위를 지껄였다.

— 뭐 그래도 상관없어.

녀석들은 내 말을 도무지 믿으려 하지 않았다. 나는 놈들에게 다가가 헤드록을 걸었다. 우리는 깔깔대며 바닥의 얼룩 위를 뒹굴었다.

3

내겐 죽은 형이 있다. 우습게도 수영장 바닥의

배수구 틈에 발이 빨려 들어가 죽었다. 무서운 힘으로 소용돌이치는 물이 잠깐 형의 호기심을 자극했을 것이다. 그 안에 죽음이 웅크리고 있다는 사실을 눈치챈 형이 서둘러 물 밖으로 향했을 때, 죽음은 느긋하게 형의 발을 끌어당겼을 것이다. 죽음은, 그런 것이다. 이유가 없고 사정을 봐주지 않는다. 죽음은 이 세상 도처에 낚싯대를 대고 있거나 거미줄을 치고 있으니까. 그런 의미로 본다면 엄마도 그 희생자 중에 한 명이었다. 그 죽음이라는 놈이 나를 미끼로 삼은 것이 문제이기는 했지만.

형이 죽었을 즈음, 엄마는 배 속에 내가 자라고 있다는 사실을 알았다. 아빠는 형이 다시 이 세상에 온 것이라 믿었지만 엄마는 형 목숨 값으로 내가 대신 온 것이라 했다. 엄마는 갓난아이인 나를 아파트 베란다 밖에 던져 버리려고도 했다. 놀란 아빠가 달려가 허공에 걸려 있던 나를 받아 왔다.

— 너도 어른이 되면 엄마 마음을 조금은 이해할 거다.

아빠는 학교로 찾아와 말했다. 곧 새 여자와 교회에서 식을 올릴 거라고, 그 여자는 머지않아 내 동생을 낳을 거라는 말도 덧붙였다. 그럼 아빠의 마음은 언제쯤 이해하게 될까요, 라고 물으려다가 그만두었다. 나는 와사비를 찍어 상 위에 무늬를 만들었다. 십자가가 되고 나무가 되다가 집이 되었다. 엄마와 있기 싫으면 내게로 오너라, 아빠는 자신 없는 목소리로 말했다. 나는 상 위에 난 무늬를 젓가락으로 망가뜨렸다. 비겁해, 들릴 듯 말 듯 내뱉었다. 그러곤 의자를 뒤로 빼고 음식점을 나왔다. 음식이 나오기도 전이었다. 학교 근처의 고급 일식집이었다. 학교 기숙사 방에 돌아와 나는 손톱을 잘근잘근 씹었다. 말더듬증이 사라질 즈음 생긴 버릇이었다. 피가 비치면 혀로 쪽쪽 빨았다. 남들은 느낄 수 없는 은밀한 쾌감이었다. 덕분에 이미 열 개의 손톱은 남김없이 죽어 있었다. 엄마는 날 때릴 이유를 찾을 수 없으면 까맣게 타 버린 손톱을 물고 늘어졌다. 실컷 맞고 나면 발톱이라도 물어뜯고 싶었다.

엄마와 아빠는 별거에 들어간 지 7년이 넘었다. 아빠의 간청에도 불구하고 엄마는 이혼에 동의하지 않았다. 결국 아빠가 집을 나갔다. 그 이후론 한번도 집에 들른 적이 없었다. 가끔 학교로 나를 찾아와 값비싼 저녁을 사 주고 많은 용돈을 주었지만 그뿐이었다. 새까맣게 변한 내 손톱을 안타까운 눈으로 바라보기는 했지만 차마 뭐라 할 자신이 없는 모양이었다. 엄마는 아빠의 세컨드를 몇 번 찾아가 머리채를 잡고 싸웠다. 아빠의 전시회를 엉망으로 만들어 놓기도 했다. 세컨드가 임신했다는 사실을 알았을 때에야, 엄마는 드잡이질을 그만두었다.

세상이 틈과 균열로 가득하다는 것을 사람들은 알지 못한다. 학교 선생들은 말할 것도 없다. 사각의 학교 건물이나 교실 시간표처럼 공간이든 시간이든 모든 게 남김없이 꽉 짜여 있는 줄 안다. 설사 틈이 보여도 모른 척한다. 세상은 한 치의 오차나 낭비 없이 존재하거나 흘러간다고 믿는 것이다. 이를테면 세상이 레고 블록 같은 거라고 착각한다. 미리 만들어진 것을 차곡차곡 빈틈없이 끼우고 맞추고 하는 그런 세계.

나는 언젠가 교실 천장에 틈이 열린 것을 본 적이 있다. 아마 이웃 나라에서 관측 사상 최대 규모의 지진이 일어났던 날이었을 것이다. 틈 속에서 혓바닥이 튀어 나오더니 날름 한 놈을 채 갔다. 마구 졸음이 몰려들던 순간이었다. 녀석은 얼마 뒤,

운동장 한편에 있는 등나무에 목을 맸다. 야자 시간이었다. 녀석을 발견한 사람은 교장이었다. 그는 학교 곳곳을 돌아다니며, 닥치는 대로 사람들을 물어뜯는 것으로 유명했다. 선생이든 학생이든 그 좀비 같은 영감한테 당해 보지 않은 사람이 없었다. 야! 너 거기서 뭐하는 거야? 오랜만에 먹잇감을 발견한 교장은 등나무 아래 서 있는 검은 그림자에게 물었다. 물론, 그림자는 꼼짝도 않은 채 아무 말도 하지 않았다. 너 뭐야, 대답 안 해? 교장이 다가가 그림자의 어깨를 쳤을 때, 녀석의 몸이 맥없이 빙그르르 돌았다. 뭬롱, 녀석은 혀를 길게 내민 채 눈을 치뜨고 있었다. 교장은 그 자리에서 까무러쳤다. 좀비가 시체한테 당하는 꼴이라니, 전교생은 환호했다.

녀석은 부모 스펙도 아주 좋았다. 아빠는 변호사고 엄마는 한의사였다. 공부도 나보다 훨씬 잘하고 얼굴도 되는 놈이었다. 잘난 놈답지 않게 성격도 좋아서 아이들에게 인기가 많았다. 나도 카톡 하트를 뿅뿅 쏘아 주면서 친하게 지내자고 수작을 걸었지만 쉽게 넘어오지 않았다. 언젠가 샤워장에서 만난 녀석은 멍투성이의 내 엉덩이와 허벅지를 보고 기겁했다. 영락없는 모범생이었다. 그런데 나무랄 데 없어 보였던 놈도 죽어 버린 것을 보니, 어딘가 틈이 있었던 게 분명했다. 아니 어쩌면 그 완벽함 때문에 틈이 생겼는지 몰랐다. 딱 맞는 옷이 찢어지기 쉬운 것처럼 말이다.

죽은 후에, 얼마간 녀석은 내 앞에 나타났다. 녀석은 어느새 학교 내에서 등나무 귀신이라는 별명이 붙어 있었다. 어둠과 닮은 칠판 속에서 씨익, 하고 웃었다. 역시 졸음의 순간이었는데 그 형상만큼은 선명했다. 슬슬슬 칠판 분필 가루가 움직이면서 사람의 얼굴과 표정을 만들었다. 분필 가루의 형상은 내가 졸음을 애써 몰아내면 순식간에 사라졌다. 그래서 나는 형상이 나타날 때마다 되도록 졸음 상태를 유지하려고 했다. 의식은 흐려지는데 형상은 또렷해졌다. 나도 칠판을 향해 미소를 지었다. 목을 매면 그렇게 황홀해? 내가 물었다. 죽여 줘, 형상이 말했다. 녀석의 지퍼 부근은 정액으로 흥건했다고 했다. 진짜로 하는 것보다? 내가 다시 물었다. 너도 해 봐, 너도 해 봐, 녀석의 목소리는 물결처럼 내 귓가를 찰싹찰싹 때렸다. 미친 새끼, 똥까지 지린 놈이, 내가 외치면 녀석은 세모꼴로 웃으며 사라졌다.

나에겐 놈이 아니라도 친구들은 많았다. 엄마나 아빠에게서 받은 용돈은 친구들을 끌어 모으기에 좋았다. 금요일 학교를 나오면 패밀리 레스토랑에서 저녁을 먹고 그다음엔 피시방이나 노래방에서 놀았다. 대개 놈들은 밤 10시 전엔 집으로 돌아갔다. 나는 다시 학교 기숙사로 향했다. 주말 내내 친구들과 놀고 싶었지만 녀석들은 과외와 학원 수업이 꽉 차 있었다. 하긴 공부에 미쳐 사는 놈들이니. 주말 기숙사는 한가했는데 대개 나 같은 고아 아닌 고아들이었다. 이런 놈들은 아주 짜증이 났다. 기껏 학교 앞에서 어슬렁거리다가 교복에 떡볶이 국물이나 묻혀 오는 애들이었다. 부모에게 버림받았다는 티를 팍팍 내는 것이다. 운동장 스탠드나 휴게실 티브이 앞에 멍청히 앉아 있었다. 놈들은 주말에도 외톨이였다. 맨날 같은 학교 체육복만 입고 있는 것으로 보아 돈도 없는 찌질이들이었다.

가끔 학교 주위에 사는 성호라는 놈이 내 방으로 놀러오곤 했다. 정말 여자와 하지 못해 미치겠다는 듯이, 늘 억울한 표정을 짓고 다니는 놈이었다. 엄마 등쌀에 주말이면 무려 다섯 군데나 학원과 과외를 뛰었지만 성적은 그리 신경 쓰지 않는 놈이었다. 놈의 노트북에는 야동이 가득했다.

— 너 언제 최고의 사정감을 느끼는지 알아?

화면 속에서는 활짝 열린 여자의 성기가 문어의 흡착판처럼 뻐끔거리고 있었다. 일본 야동 만화였다.

— 뭐 상황 따라 달라지는 거 아냐?

머리를 빡빡 깎은 남자가 여자의 사타구니에 머리통을 갖다 대었다.

— 목 매달아 죽기 직전.

머리통이 여자의 질 속으로 꾸역꾸역 들어가고 있었다.

— 헐, 등나무 귀신 녀석처럼?

질 속에 들어갔던 머리통이 다시 쑥 빠져나왔다. 머리통이 질액으로 번들거렸다.

— 죽기 전에 제대로 느끼고 간 거지.

머리통이 질 속에서 피스톤 운동을 했다.

— 처음이자 마지막인 죽음과의 섹스.

괴성을 지르던 여자가 자기보다 두 배나 덩치 큰 남자를 순식간에 빨아들였다.

— 잘도 갖다 붙이네.

내가 자리에서 일어나려 하자, 녀석이 오른팔로

내 목을 휘감았다. 등나무 귀신처럼 진짜 느껴 볼래? 녀석이 빙글거리며 팔에 힘을 주었다. 나는 그대로 내 몸을 녀석에게 맡겼다. 그리고 눈을 감았다. 얼굴이 시뻘게지는데도 아무런 반응이 없자 녀석이 팔을 풀었다. 눈을 뜨자 녀석은 조금 겁먹은 표정이었다.

— 엄마한테 또 맞았어?

녀석이 물었다.

— 응.

나는 윗몸을 일으켜 골프채를 휘두르는 시늉을 해 보였다.

— 몇 대나?

— 백 대!

— 헐…….

나는 츄리닝을 벗어 허벅지를 보여 줬다. 아물지 않은 피딱지가 츄리닝에 묻어 나왔다. 녀석이 기겁했다. 나는 자리를 바꿔 녀석의 목을 감았다. 녀석은 켁켁거리며 죽는 시늉을 했다. 죽였으면 좋겠어, 내가 말하자 녀석이 죽여 버려, 소리쳤다.

4

　그날, 웬일인지 엄마는 내 앞에 게 다리를 놓아 주었을 뿐만 아니라 과일까지 깎아 주었다. 더구나 함께 텔레비전까지 보았다. 다정하게 과일을 깎아 먹으며 텔레비전을 본다는 것은 우리 모자에겐 끔찍한 일이었다. 그건 일종의 근친상간 같은 거였다. 엄마의 친절은 뱀처럼 내 몸을 칭칭 감았다. 서서히 몸을 조여 오는 것이 금방이라도 내 숨통을 끊어 버릴 것 같았다. 주말 외박을 나오지 않았더라면, 혹은 엄마가 밤 외출을 포기하지 않았더라면, 그래서 함께 밥을 먹는 불상사가 일어나지 않았더라면, 하필 어미 멧돼지가 새끼를 잡아 처먹는 장면이 나오지 않았더라면, 아니 엄마가 최소한 식칼이 아니라 과도를 들고 있었다면, 아니, 아니 그때만큼은 좀 질식할 것만 같은 집 안에 창이라도 조금 열려 있었더라면 내가 엄마를 칼로 찌르는 일은 결코 없었을 것이다. 나는 틈을 허락하지 않는 직소퍼즐에서 벗어나고 싶었다. 엄마의 몸에라도 틈을 내고 싶었는지도 몰랐다. 식칼이 엄마의 몸에 틈을 만들었을 때, 나는 창문을 연 듯 상쾌한 기분이 들었으니 말이다.

— 내가 대신 엄마를 처리해 준 거야.

면회실 창 너머의 아빠에게, 예의 편지글 읽는 말투로 말했다. 아빠는 눈을 감고 있을 뿐 묵묵부답이었다. 볼까지 잔뜩 수염을 기른, 무기력하기 이를 데 없는 50대 중년 남성의 모습이었다. 성공한 예술가 특유의 패기만만한 모습은 온데간데없었다. 그러고 보니 엄마는 물론이고 아빠마저 내가 처리한 것이 아닐까라는 생각이 들었다. 아빠는 잘 나가던 조각가였다. 서울 인근에 위치한 아빠의 작업실은 거대한 철공소를 연상시켰다. 철을 가는 그라인더의 날카로운 소음과 철판을 두드릴 때 나는 굉음이 가득했고 여기저기서 용접 불꽃이 시뻘겋게 피어올랐다. 아빠가 즐겨 사용하는 것은 플라스마 기법이었다. 압축공기로 철 표면에 수많은 균열과 스크래치를 내서 오돌토돌한 질감이 나도록 하는 기법이었다. 균열은 존재의 분열을, 스크래치는 세계의 폭력성을 상징한다고 했다. 어린 내가 보기에도 그럴싸했다. 그 철판은 일종의 옷감 역할을 했다. 철판은 다양한 모습의 조형물로 재탄생되었다. 작품 내부에는 엘이디 조명이 설치되어 전원을 연결하면 은은한 빛이 밖으로 쏟아져 나왔다. 거친 질감 때문에 메마른 강바닥이나 죽은 나무 등걸 같았던 작품이 순간 생명감을 획득했다.

아빠의 성공적인 전시 기획 중의 하나는 '자궁' 시리즈였다. 엄마와 별거에 들어간 지 꽤 되었을 무렵이었다. 검붉은 색깔의 철제 재질로 된 작품은 여성의 질을 형상화했다. 속은 비어 있었다. 깨알 같은 수많은 구멍과 미세한 균열 너머에서 빛이 쏟아져 나왔다. 질의 모습은 주름은 물론 털까지 정교했다. 한 작품은 아기의 머리통이 질에서 빠져나오는 모양이었다. 반쯤 보이는 아기의 표정은 온통 일그러져 있었다. 세상을 뚫고 나오면서부터 이미 세계의 폭력을 충분히 경험하고 있다는 듯이. 질과 머리통의 틈새에서는 강렬한 빛이 새어 나왔다. 신비와 생명력이 넘쳐흘렀다. 탄생의 환희 속에 고통이 놓여 있다는 건 참 아이러니했다. 너다, 아빠는 내게 그렇게 말했다. 그럼 저 자궁은 엄마의 것이 분명했다. 하지만 그게 엄마의 것이냐고 묻지는 않았다.

나는 엄마의 틈을 실제로 봤기 때문이다. 조형물이 아닌 진짜 틈. 아빠가 떠나고 엄마가 매일 술을 마시기 시작했을 즈음이었다. 학교에서 돌아와 보니 안방 문이 살짝 열려 있었다. 엄마의 가랑이가 먼저 눈에 들어왔다. 화장대의 거울에 비친 모습이었다. 엄마의 그것은 아버지가 형상화한 작품과 전혀 달랐다. 눈부신 빛이 쏟아져 나오는, 생명의 환희로 가득 찬 입구가 아니었다. 시커멓고 음흉하며 금방이라도 혓바닥이 튀어나와 나를 채 갈 것 같았다. 더 깊숙한 곳엔 아마도 하얀 이빨이 숨겨져 있는지도 몰랐다. 하긴 내가 그 속에서 나왔으니 잡아먹힌다고 해도 억울할 건 없었다. 진심으로 다시 돌아가라고 한다면 돌아갈 용의가 있었다. 그 활짝 벌어진 틈은 추악했지만 엄청난 매혹이기도 했으니까.

책가방을 멘 채, 나는 한 발자국도 움직일 수 없었다. 엄마의 틈은 투명한 액체로 번들거렸다. 문어의 흡착판처럼 꿈틀댔다. 나가 죽어! 그 순간 거울에 금이 쩌억, 하고 났다. 아니 어쩌면 거울은 세계의 균열을 정직하게 비추고 있었는지 몰랐다. 화장대의 거울은 앞뒤로 천천히 흔들렸다. 나를 발견한 엄마가 손에 잡히는 대로 뭔가를 던진 것이다. 나는 잽싸게 내 방으로 도망쳤다. 탕, 하고 안방 문이 거칠게 닫히는 소리가 들려왔다.

—미안하다. 모든 게 다 내 부덕의 소치다.

아빠는 잠자코 있다가 처음 입을 열었다. 부덕의 소치. 예술가다운 품위 있는 말이었다. 차라리 엄마처럼 나가 죽어, 라고 외쳤다면 자수할 용의도 있었다. 면회를 하고 돌아오면서 아빠마저 죽어 버렸으면 좋겠다는 생각을 했다. 사실 그건 내가 예전부터 바라던 바였다. 고아 아닌 고아가 아니라 진짜 고아가 되고 싶었다. 고아가 아닌데 고아인 것은 뭔가 부당한 것이다. 차라리 고아라면 부모가 없는 진짜 고아가 되는 게 맞았다.

—급소는 피해 갔다. 직접적인 사인은 질식사야.

참고인 진술이 있었을 때, 형사가 부검 결과를 말해 주었다. 피는 많이 났지만 죽음에 이를 정도는 아니었단다. 대신 교살의 흔적이 뚜렷하다고 했다. 이게 다 당신 때문이야, 엄마는 앙칼진 목소리로 아빠에게 외쳤을 것이다. 아빠는 그 순간 삶의 모든 끈을 놔 버렸는지도 모르겠다. 어쩌면 이전부터 두 사람 사이에 나 있던 균열이 더 이상 모래의 무게를 감당하지 못했을 것이다. 아빠는 서서히 엄마의 목을 졸랐을 것이다. 한 편의 통쾌한 복수극을 마쳤다고 생각한 엄마는 기꺼이 죽음을 맞이했으리라. 그러나 아빠에게 내부로부터 퍼져 나오는 구원의 빛은 없었다. 대신 지독한 모래 폭풍이 불어왔을 것이다. 서 있는 곳을 그대로 무덤으로 만들어 버리는 모래의 폭풍.

5

불 꺼진 거실은 어항의 푸른 형광빛과 산소발생기 소리로 가득하다. 엄마는 사라졌지만 나는 여전히 모래 입자를 내뱉었고 또 들이마셨다. 피비린내도 가시지를 않았다. 청소를 의뢰했던 업체에서는 심리적인 요인 때문이라고 답변해 왔다. 하긴 그들은 성실하게 작업했다. 현장을 청소하기 전, 그들은 소주와 어포를 가져와 간단히 제를 지내기까지 했다. 작업은 내내 엄숙하게 진행됐다. 피를 닦아 낸 다음에는 고온 스팀으로 바닥을 닦았고 자외선 살균기로 바닥과 벽, 소파를 말끔히 소독했다. 마지막엔 온 집안을 피톤치드 향으로 코팅까지 해 주었다.

언젠가부터 친구 녀석들은 핑계를 대며 나를 만나 주지 않았다. 입학 준비다, 아르바이트다, 데이트다 뭐다 해서 만날 시간이 없다고 했다. 어떤 놈은 벌써부터 재수 학원에 등록해서 열공 중이란다. 엄마를 칼로 찔렀다는 얘기는 괜히 털어놓았다. 피비린내가 나지 않느냐며 큼큼대던 모습은 완전 진상이었다. 녀석들이 다녀간 후론 점점 숨이 막혀 왔다. 시간이 갈수록 집이 나를 조여드는 느낌이었다. 잠을 자다가는 숨이 멈추기도 했다. 가끔 등나무 귀신이 된 녀석이 꿈속에 나타났다. 차라리 녀석을 채 간 틈이 다시 나타났음 했다. 뒤틀어지듯 떨다가 못 견디겠다는 듯이 벌어지는 틈. 나를 덥석 물어 삼킬 것만 같은 틈. 엄마의 거시기 같은 틈. 그 속으로 나를 던져 주고 싶었다. 손톱은 마구 뜯겨지고 있었다. 따끔따끔 붉은 꽃봉오리처럼 붉은 틈들이 돋아났다. 나는 그 틈들을 쪽쪽 빨아 먹었다.

바퀴벌레 한 마리가 거실을 가로지르다 멈춘다. 나도 손톱을 물어뜯다 멈춘다. 바퀴벌레는 얼룩 위에 서 있다. 뒤돌아보는 듯하더니 더듬이를 더욱 세게 흔든다. 두어 마리의 바퀴벌레가 다가온다. 불이 꺼지고 인기척이 사라지면 녀석들은 어디선가 끊임없이 지치지도 않고 기어 나온다. 녀석들은 인간에게 보이지 않는 틈이 어딘가, 도처에 있다는 걸 증거하는 존재들인지 모른다. 아무리 약을 치고 죽여도 사라지질 않는다. 나는 책을 들어 녀석들을 노려본다. 순간 움직임을 멈춘다. 자기 주위에 죽음이 도사리고 있다는 사실을 감지한 듯하다. 녀석들은 죽음이 덮쳐 오는 순간 수천 개의 알을 낳는다고 한다. 죽음이 탄생의 황홀경을 선사하는 것이다.

거실 어딘가 틈이 열려 무수한 바퀴벌레의 알들이 쏟아져 내리는 상상을 해 본다. 입을 벌리고 미친 듯이 그것들을 흡입한다. 알은 내 폐 속에서 부화할 것이고 내 몸 곳곳엔 틈이 열릴 것이다. 책을 가만히 내려놓는다. 바퀴벌레들이 바닥의 얼룩을 큼큼거린다. 얼룩이 꿈틀댄다. 마치 죽은 자를 살려 내려는 의식 같다. 얼룩은 너울너울 종이처럼 흔들리다가 바닥으로부터 둥실 떠오른다. 불을 켠다. 공중에 떠 있던 얼룩의 형상이 바퀴벌레와 함께 순식간에 사라진다.

소파에서 일어나 거실장을 연다. 위스키와 꼬냑,

럼주 등이 가득하다. 엄마가 사다 놓은 고급 양주들이었다. 자정이 넘어도 친구들은 오지 않는다. 소파 밑에 쭈그려 앉아 양주 한 병을 비운다. 일어나 거실을 한 바퀴 돈다. 사뿐사뿐, 영혼이 몸과 함께 붕 뜬다. 물속을 거니는 듯하다. 얼마 전, 형이 죽었다는 수영장에 가 봤다. 평일 오전의 실내 풀장은 텅 비어 있었다. 햇빛이 수영장의 바닥까지 비추었다. 나는 그곳에 들어가 잠수를 했다. 물은 양수처럼 따뜻하고 아늑했다. 물속에 머리를 담그면 수영 강사의 호루라기 소리와 수강생들의 웃음소리가 삽시간에 사라졌다. 고요한 수면 아래의 세계. 그곳에서 중력은 힘을 잃었다. 천천히 팔다리를 움직여 물속을 유영하면 피부를 쓰다듬는 물의 부드러운 감촉이 온몸으로 퍼졌다. 가끔 물속에서 입을 벌려 소리를 질러 보았다. 소리는 밖이 아니라 안에서 공명했다. 고막이 격하게 떨리고 눈알이 튀어나올 거 같았다.

수면 위를 바라보았다. 형광 불빛이 퍼져 온통 희게 빛났다. 몸을 웅크려도 보았다. 부력이 맹렬하게 작용하며 몸을 수면 위로 이끌었다. 발버둥치듯 다시 팔다리를 움직여 바닥 아래로 잠수했다. 배수구 뚜껑을 열어 보았다. 아무리 힘을 써도 열리지 않았다. 제발이지 블랙홀 같은 강력한 수압이 나를 끌어당겼으면. 이내 심장박동이 느려졌다. 폐가 터질 듯 부풀어 올랐다. 무의식의 몽롱한 경계를 넘었다. 그대로 공기가 아닌 물로 호흡하고 싶었다. 나는 엄마의 양수 속에 있었던 기억을 더듬었다. 그러자 가느다란 형의 발이 보였다. 나는 형의 발목을 잡아당겼다. 순간, 형이 무섭게 물속으로 빨려 들어오고 나는 물 밖으로 내팽개쳐졌다.

— 우리 애한테 연락하지 마라. 성호맘.

성호 이름으로 카톡 메시지가 왔다. 성호도 오긴 틀려먹은 것이다. 스마트폰을 뺏긴 채 엄마 앞에서 종종거리고 있는 성호가 떠오른다. 제 성격은 이를테면 칫솔질을 귀찮아하지만 한번 닦으면 구석구석 정성 들여 닦는 스타일이랍니다. 언젠가 성호 엄마가 기숙사에 피자를 사 가지고 왔을 때 나는 편지글을 읽는 말투로 말했다. 물론 새까맣게 타들어 간 손톱은 보여 주지 않았다. 어머, 너 말을 재미있게 하는구나. 성호 엄마가 깔깔대며 말했다. 웃는 모습은 내 또래의 여자애들과 다를 바가 없었다.

엄마보다 훨씬 젊고 아름다워 보였다. 이 아줌마의 틈은 예쁘게 생겼을까? 나는 아주 잠깐 그런 생각을 했다. 성호 엄마는 귀엽다는 듯이 내 어깨를 쓰다듬어 주었다. 눈물이 다 날 지경이었다.

— 엄마아아아.

흡사 낙타 울음소리 같은 목소리가 내 입에서 흘러나온다. 낙타 울음소리를 듣지는 못했지만 왠지 그럴 것 같다. 내 입으로 엄마를 부르다니, 밥 위에 게 다리를 올려 주던 엄마의 행동만큼이나 뜬금없다. 나는 거실 한편에 놓여 있던 골프채를 집어 든다. 엎드려! 나는 힘껏 외쳐 본다. 쓰읍, 하고 엄마 흉내를 내 본다. 마른 웃음이 터져 나온다. 입은 크게 열렸지만 소리는 나지 않는다. 대신 입에서 모래가 쏟아진다. 입을 다물자 귀에서 모래가 쏟아진다. 귀를 손으로 맞자 이번엔 눈에서 모래가 흘러내린다. 지진이 난 듯 세상이 마구 흔들거린다. 바닥에 놓여 있던 양주 병이 나뒹군다. 술이 콸콸 쏟아진다. 어둠 속 천장에 작은 틈이 벌어진다. 아빠의 작품에서 뿜어져 나오던 은은한 빛이 쏟아진다. 전등 위에 걸쳐 있던 흰색 끈이 내려온다. 흰색 혀가 부드럽게 내 목을 감는다. 몸이 허공

에 뜬다. 어서 와, 어서 와. 등나무 귀신이 된 녀석
의 목소리가 들려온다. 술에 젖은 얼룩이 종이처럼
너울거리더니 서서히 소용돌이 모양을 만든다. 소
용돌이는 점점 커지며 내 몸을 감싼다. 믿을 수 없
을 정도의 강한 힘이 나를 빨아들인다. 아랫도리가
짜릿했다.

개와 늑대의 시간

은행나무 아래, 아내가 서 있다. 차에서 내리자마자 그녀를 확인한다. 흐리고 비릿한 날씨 탓인지 아내의 눈두덩이 더 깊고 차갑다. 낡은 흰색 오버 블라우스에 검은색 롱스커트를 입고 있다. 윤기 없는 검은 머리가 그녀의 얼굴을 더욱 창백하게 만든다. 흑백영화의 한 장면에서 튀어나온 듯 어딘가 비현실적인 분위기를 풍긴다. 이 즈음이면 아내는 거리로 나와, 해가 질 때까지 그 자리에 서 있다. 때로 차량 진입을 막기 위해 설치해 둔 볼라드나 화단 모서리에 앉곤 한다. 완력을 써서 집으로 데려다 놓기도 했지만 허사였다. 무슨 마법에 홀린 듯 아내는 이내 이 거리로 되돌아왔다. 완전히 어둠이 내린 뒤, 거리가 불야성으로 환해질 때에야 천천히 집으로 걸음을 옮긴다. 집안일과 아내의 뒤치다꺼리는 가사 도우미 몫이었다. 아내는 집에서도 거실 소파에 멍하니 앉아 있거나 안방 침대에 누워 있었다. 잠자리는 거부하지 않았지만 나무토막처럼 어떤 반응도 하지 않았다. 치료라고 해 봤자 약물 투여가 전부였다. 아내가 임신을 한 후부터는 그마저 불가능해졌다.

— 그게 어디 약으로 될 성싶은 병이더냐!

어머니의 귀기(鬼氣) 어린 호통이 귓가를 때린다.

며칠 약국 문을 닫았다. 고향에 있는 한 사찰에서 어머니의 천도재가 있었다. 몸살기가 돌아 내처 이틀 정도 요사채에서 머물렀다.

우유와 신문 등을 들어 올리다 말고 지독한 구린 내에 몸서리친다. 거리 한가득 낙엽과 함께 은행이 널려 있었다. 은행나무는 이 거리의 상징이었다. 도로와 주소는 물론이고 시장 이름에도 '은행'이 붙었다. 인근에 유서 깊은 서원이 자리하고 있기 때문이었다. 한 20여 분을 더 걸으면 도로가 끝나고 도시 공원으로 지정된 야트막한 산이 나온다. 그 산 중턱에 서원이 있다. 그곳까지 도로를 따라 수령 80년이 넘는 은행나무가 줄지어 서 있다. 11월 초순에 이르면 거리는 은행잎으로 뒤덮인다. 곧이어 온 거리는 은행 열매의 역한 비린내를 풍긴다. 그것은 먼 고생대부터 제 안으로 길러 온 독성의 냄새였다. 흠집 하나 없이 온전한 모습으로 떨어지는 낙엽 역시 그덕분이었다. 어느 동물도 저 부패를 가장한, 고약하게 냄새나는 열매를 먹지 않을 것이다.

문을 열고 실내의 불을 켠다. 정수기의 물통을 갈고, 가습기에 물을 넣은 뒤, 화분에 물을 뿌린다. 가끔은 수족관의 물을 통째로 갈아 줄 때도 있다. 아내가 사고를 당한 이후로 실내는 늘 바싹 말라 가는 느낌이었다. 그 건조감은 언제부턴가 시각적으로 문제를 일으켰다. 얇은 막이 낀 듯 눈앞이 흐릿했다. 그러다가는 눈동자가 풀린 듯 사물이 제형태를 일그러뜨렸다. 몸에도 이상이 왔다. 쉽게 피로해질 뿐만 아니라 가끔 참을 수 없는 두통이 찾아왔다. 몸에서는 불길 같은 것이 일었다. 습도에 문제가 있다는 수족관 장 씨의 충고로 대형 수족관을 들여놓고 꽃집 애향 씨의 권유로 열대식물 하나를 샀다.

실내는 쾌적해졌지만 눈의 증상은 여전했다. 얼마 후, 나는 그 원인을 건성안으로 돌렸다. 안과 처방전을 가지고 온 한 손님에게 약을 처방하면서 문득 생각난 것이다. 병원에 다녀오지는 않았다. 인공누액을 쓰면 되었다. 그러나 흔히 안구 건조증으로 알려진 건성안은 약으로 완치할 수 있는 병이 아니었다. 인공 누액은 단지 임시방편일 뿐이었다. 안구건조증을 방치했을 경우에는 쉽게 피로감이 오고 그로 인해서 신체 리듬이 깨질 수도 있다. 가끔 버석거리는 눈으로 바깥을 보면 사물들이 그 윤곽을 잃고 흐느적거렸다. 가끔은 알 수 없는 흥분감과 불안감에 젖어 들었고 그때마다 눈앞에서 펼쳐지고 있는 풍경이 실제인지조차 의심이 들 때가 있었다.

신호등이 바뀐다. 한 무리의 사람들이 길을 건너온다. 그 사이에서 낯익은 얼굴 하나를 발견한다. 횡단보도 건너 주택가로 이어진 시장통에서 과일 가게를 하고 있는 창민네였다. 약국에 들를 때마다 인근에 도는 잡다한 소문을 전해 주거나 처방전 없이 약을 지어 달라고 떼를 쓰곤 하는 단골이었다. 얼굴에 퍼런 멍이 잡혀 있다. 어젯밤 또 한판 부부 싸움이 있었던 모양이었다. 그동안 잠잠하던 터다.

— 아이고, 약사 선생님 돌아오셨네.

여자가 유리문을 밀치며 들어온다.

— 두통약하고 파스나 하나 줘요.

어디 하소연할 데를 찾아온 듯 목소리에는 엄살기가 섞여 있다.

— 어제 또 바깥 어른께서 술 한잔 드셨나 봅니다.

나는 여자의 엄살기에 호응하듯, 앞으로 약간 상체를 들이대며 말했다.

— 내 참, 요즘 세상에 부끄러워서 말도 못하겠구.

얼굴 피부보다 훨씬 거칠어진 손을 눈 부위에 갖다 대면서 여자가 말했다. 팔자 주름이 깊이 패인 여자는 나이에 비해 많이 늙어 보였다. 일정한 직업이 없는 남편은 걸핏하면 여자에게 손찌검을 했다. 그렇다고 여자가 남편에게 마냥 당하고만 있는 것 같지는 않았다. 언젠가 시장통에 볼일이 있어 갔다가 그들의 부부 싸움을 목격한 적이 있었다. 웬 아이의 울음소리 때문에 고개를 돌려 보니

여자의 아들 창민이었다. 부모의 싸움 통에 아이가
겁을 먹고 울고 있었던 것이다. 그런데 왜소한 체
격이었던 남편이 오히려 여자에게 쥐어뜯기고 있었
다. 그러다가 어느 순간 남편이 기우뚱하면서 얼핏
날린 주먹이 여자의 얼굴을 쳤다. 그때서야 여자는
땅이 꺼지듯 풀썩 주저앉아 과장된 몸짓과 울음소
리로 엄살을 놓고 남편은 이내 줄행랑을 쳤다. 그
리곤 다음 날이면 언제 그랬냐는 듯이 두 부부가
함께 늦은 아침을 들었다. 두통약과 파스를 건네면
서 피로회복제 한 병을 끼워 준다. 단골들을 끌어
모으는데 꽤 도움이 됐다. 늘 피곤함을 호소하는
시장통 사람들에게 그것은 만병통치약이었다.

　―에구, 올 때마다 뭐 이런 것을. 그나저나 민호
가 사고를 당한 지 꽤 됐지요? 금년에는 아무쪼록
생목숨 날아가는 일은 없어야겠는데.

　탄식 끝에 여자는 삐죽 웃음을 흘렸다. 그래도
내 사는 것이 당신네보다는 낫지 않겠냐는 듯한,
묘한 웃음이다. 자기도 모르게 나온 웃음이 스스
로도 당황스러웠는지 여자는 피로회복제 한 병을
두 모금에 마셔 버렸다. 슬쩍 내 눈치를 본다. 명색
이 약사라는 사람이, 정신이 온전치 못한 아내를

거리에 방치했던 것도 모자라 임신까지 시켰으니 그럴 만도 했다. 요즘 들어, 인근 상인들의 호의가 예전 같지 않음을 느낀다.

더구나 사람들은 한자리에서 꼼짝 않고 서 있는 아내를 불길하게 여겼다. 여자 말대로 매년 한두 명이 이 도로에서 목숨을 잃었다. 약국을 연 이후로 여러 번 사고를 목격했다. 이곳은 특별히 사망 사고가 날 만한 위치가 아니었다. 운전자의 시계가 트여 있을 뿐만 아니라 다른 지역에 비해 차량 정체도 심한 편이었다. 사고가 없는 해에는 취객이나 부랑자들이 얼어 죽었다. 사람들은 이 거리에 지박령(地縛靈)이 있다고 했다. 먼저 죽은 영혼이 다음 희생자가 나올 때까지 이 거리에 붙박여 있다는 것이다. 자신을 위해 다른 존재를 양분으로 삼는 일은 삶의 영역에서만 일어나는 것이 아닌 모양이었다. 여자는 아무래도 괜한 말을 했다고 느꼈는지 이내 값을 치르려고 치마 주머니를 뒤졌다.

─아, 참, 내 깜박했네. 조금 있다가, 창민이 시켜 갖다 드릴게.

여자가 과장된 어투로 말했다.

─네, 다음에 천천히 주시면 됩니다.

나는 잘 훈련된 카운슬러처럼 미소를 지었다.

— 아이고 저놈이, 저러다 큰일 나지.

인라인스케이트를 타고 있는 창민이를 발견하자 여자가 서둘러 문을 열고 나가며 말했다. 창민이는 신호를 받고 있는 자동차 사이를 마치 곡예를 하듯 빠져나오고 있다. 여자가 창민이를 불러 세워 야단을 친다.

그들의 소란에는 아랑곳하지 않고 은행나무 밑, 아내의 먼 시선이 거리를 건너 나에게 온다. 저러다 가끔 제정신이 들곤 했다. 얼른 그 시선을 잡아채려 했지만 그녀의 시선은 금방 허공에 가닿는다. 그녀 위로 거대한 은행나무가 우수수 잎들을 떨어뜨리며 음습한 기운을 내뿜고 있다. 가끔 저 은행나무 밑에 서 보고 싶은 충동에 휩싸인다. 아내에게 그곳은 생과 사의 경계를 이루는 곳이자 스스로의 존재를 과거 속에 묶어 둘 수 있는 장소였다. 어쩌면 아내는 아이를 잃었던 그날의 일을 매일 반복해서 경험하고 있는지 몰랐다. 그곳은 모든 움직임과 속도가 피해 가고 시간마저 멈춰 있는, 슬픔과 분노, 절망이 응축된 그녀만의 불가침 공간이었다.

아내는 이 거리에서 아이를 잃었다. 약국에 들르

기 위해 길을 건너던 아내와 아이는 신호를 무시하고 돌진해 오던 승합차에 치였다. 아이가 그 자리에서 목숨을 잃고 아내는 두개골이 함몰되는 중상을 입었다. 의식을 회복한 뒤, '외상 후 스트레스장애'라는 병명을 얻었지만 점차 조현병으로 진행됐다. 말을 잃었고 사람을 알아보지 못했다. 시선을 한 곳에 고정하지 못했으며 눈빛은 멍청했다. 움직임 없이 항상 같은 자세를 유지하는 상동증(常同症)이라는 증세까지 더해져, 인근 옷가게에서 내다 놓은 마네킹과 곧잘 혼동이 될 정도였다. 그날의 사고를 기억하듯 가끔 흥분과 발작이 찾아왔으나 거리는 더 큰 소음과 번잡함으로 그 한때의 소란을 삼켜 버리곤 했다.

—그 온다리 년은 너마저 잡아먹을 게다.

어머니가 아내를 두고 늘 하는 말이었다. 어머니는 고향에서 이름난 만신이었다. 처음부터 아내와의 결혼을 반대했다. 아내가 '온다리'라는 팔자를 타고 태어났기 때문이라고 했다. 신을 받지 않으면 주위 사람들을 불행하게 만든다는 운명이었다. 염을 하기 전, 마지막으로 본 어머니의 표정은 단호했다. 어서 끝내라고, 벗어나라고, 내가 이렇게 먼

저 죽지 않았느냐고, 굳게 다문 입술로 어머니는 그렇게 말하는 것 같았다.

망자에 대한 예는 다 갖추기로 했다. 고향 만신들에게 부탁해 오구굿을 크게 열었고 올해는 어머니와 인연이 있던 한 사찰에서 천도재를 지냈다. 그런데 천도재를 끝내자마자 신열과 피로가 몸을 엄습해 왔다. 양쪽 어깨와 목에 칼이 꽂힌 듯, 극심한 통증이 왔고 온몸이 뜨겁게 달아올랐다. 얼핏 잠이 들면 꿈속에서 쾌자를 입고 부채와 방울을 든 어머니가 두 발을 높이 뛰며 쉬지 않고 굿을 하는 모습이 보였다. 심장도 약하신 분이…… 나는 애타게 어머니를 부르며 만류했으나 나에게 눈길 한번 주지 않았다.

— 무병이 재발하는 게 아닌지 걱정되네.

가끔 요사채 객방에 들러서 내 몸 상태를 점검하던 주지 스님의 말이었다. 생소한 불교의식을 몇 번인가 더 치른 뒤였다. 이제는 그 무엇도 그 괴이한 힘으로부터 나를 막아 주지 못하는 모양이었다. 저세상 사람이 된 어머니조차 그 힘의 하나가 되어 내게 깃들고 있는지 몰랐다.

무병이라고 알려진 일종의 신경증을 앓기 시작한 것은 사춘기 무렵이었다. 한 번도 본 적 없는 부리[祖上神]와 서인[巫俗神]들을 꿈속에서 만나 보았고 때로 꿈속의 일들이 현실에서 생생하게 재현되기도 했다.

　　— 신장님네도 무심하시지. 신줄은 와도 두 마디[隔代]로 온다더니 어째 니한테로는 바로 왔나.

　　신기가 심해지자 어머니는 백방으로 '신줄을 떼가게' 하는 방술을 찾아다녔다. 해마다 신줄을 누르는 누름굿을 했고 어미 가까이에 있으면 신기가 발동한다고 아예 고등학교를 서울로 올려 보냈다. 심지어 정신과 치료도 마다하지 않았다. 그러나 신기(神氣)를 떼는 데에는 별로 효과가 없었다. 하나 남은 방술은 내가 의사나 약사가 되는 길이었다.

　　— 얘야, 망석중이 무당 팔자가 되지 않으려면 너는 꼭 사람 살리는 직업을 가져야 한다.

　　누름굿을 받은 이후로 어머니가 입버릇처럼 하던 말이었다. 무당은 사령(死靈)을 대하는 직업이기 때문에 그 기를 누르기 위해서 사람 살리는 직업을 가져야 한다는 것이다. 신병 검사에서 면제 판정을 받고 재수 끝에 약대를 선택한 것은, 진로에 대한 아무런 꿈도 미련도 없었던 나에게 어쩌면 당연한 수순이었다. 그러나 대학에 입학한 이후에도 신기는 몸속에서 또 다른 종류의 본능처럼 작동했다.

잠잠하던 신기가 다시 발동한 것은 대학 축제 때 들려왔던 풍물패의 소리 때문이었다. 몸속 깊은 곳에서부터 치솟아 오르는 열감이 눈으로 빠져나오는지 순간 세상이 까맣게 변했다. 곧이어 심장이 고동치고 어깨 경련이 심하게 일었다. 부근의 건물 화장실에 들어가 발작이 지나갈 때까지 한참을 앉아 있어야 했다. 몇 번인가 똑같은 증상이 반복된 뒤에야 나는 궁여지책으로 엠피스리 플레이어를 들고 다녔다. 풍물패의 소리가 들려올 때마다 헤드폰을 쓰고 고막이 터질세라 록을 들었다. 약품 실험실에서 신경안정제를 몰래 빼내어 먹기 시작한 것도 그 즈음이었다.

신기가 자취를 감추게 된 것은 어머니가 아내를 신딸로 들이면서부터였다. 내 신기를 대신 떼어 가게 하려는 방술이었다. 아내는 마침 나와 생년월일이 같았다. 그것은 일종의 신을 속이는 행위였다. 아내는 '온다리'라는 주위 사람들을 '잡아먹는' 운명을 타고 태어났다고 했다. 뱃사람이었던 첫 남편은 바다에 빠져 시체조차 찾지 못했고 두 번째 남자는 원인 모를 병을 시름시름 앓다가 죽었다. 아이까지 낳고 같이 살던 세 번째 남자는 그 사실을 알게 된 후 바로 집을 나갔다. 어머니를 찾아온 아내는 조상의 신줄이 들어앉았다는 점괘를 받았다. 더구나 그녀가 무당이 되지 않으면 신명의 노여움을 사 아들까지 잃게 되리라는 말까지 들었다. 아내는 망설인 끝에 어머니의 신딸로 들어왔다.

어느덧 오후의 끝자락에 와 있다. 이제 구름 위로 비추던 태양이 마저 제 빛을 거두어 갈 시간이다. 낮 동안의 환한 욕망들을 봉인하려는 듯 서둘러 어둠이 내리려는 기세다. 회색빛 하늘로 비둘기 몇 마리가 날아오른다. 이 시간에 이르면, 도시의 한복판이 터무니없이 적막하다. 이제 이 거리는 잠시 그 형체의 경계와 양감을 잃을 것이다.

눈앞에서 검은 것이 획, 지나간다. 안구건조증이 생긴 후로 종종 나타나는 증상이다. 어제도 국도변에서 검은 것이 눈앞을 스쳤다. 그러나 차의 속도를 줄이지는 않았다. 헛것이 분명했을 터였다. 그러나 건너편 도로가에 튕겨진 그것은 차체에 묵직하게 닿는 실체였다. 작은 고라니였다. 고통에 젖은 어린 것이 몸을 꿈틀거리며 일어서려고 했다. 백미러로 가냘픈 눈동자를 본 것 같기도 했다.

주머니에서 인공 누액을 꺼낸다. 고개를 뒤로 젖혀 양쪽 눈에 인공 누액을 한 방울씩 넣는다. 눈을 감았다 다시 뜬다. 누액이 위태롭게 걸려 있다가 주르륵 눈물 길을 만들며 흘러내린다.

다기 세트를 꺼내 포트에 물을 넣는다. 차를 조금 꺼내 주전자에 끓인 물과 함께 넣는다. 마른 잎이 저 홀로 살아 오르는 시간, 어느새 차합에 푸른 핏물을 토해 놓는다. 떠올리고 싶지 않아도 시퍼렇게 되살아나는 기억처럼 잎들은 필사적으로 제 몸을 편다.

창밖을 본다. 아내의 머리 위로 마른 가지가 돋아난다. 푸른 잎이 솟아오른다. 새들이 날아와 앉는다. 지나가던 사내들이 함부로 아내의 가지를 꺾으며 히히덕거린다. 까르르르, 아내의 건조한 웃음소리가 은행잎과 함께 거리를 뒹군다. 은행나무 가지마다 넋이 걸려 있다. 영혼의 옷인 넋, 이 거리에서 비명횡사한 사람들의 넋. 츠르 츠르 츠르, 어딘가에서 방울 소리가 들려온다. 의자에 철썩 주저앉는다. 머릿속이 하얗게 비어 간다. 어디선가 코를 찌르는 포름알데히드 냄새가 풍겨 온다.

차가운 스테인리스 스탠드 위에 누워 있는 어머니가 보인다. 이미 사후경직이 진행된 후라서 어머니의 시신은 마네킹처럼 딱딱하게 굳어 있다. 표정은 차라리 평화로웠다. 끝까지 가슴 통증을 호소했다는 사실이 믿겨지지 않을 정도로 평온한 기색이 역력하다. 신기하게도 죽음 후에나 느끼게 될 고통으로부터의 해방감을 어머니는 마지막 얼굴 표정에 새겨 두었다. 부검의가 어머니의 목 아래 부분에 메스를 갖다 댄다. 그리고 이내 하복부까지 단숨에 절개한다. 양 옆으로 피부가 열리면서 피하근육과 지방조직이 그대로 드러난다.

곧이어 부검의는 가슴 부분 갈비뼈 사이로 절단용 도구를 집어넣고 갈비뼈를 하나하나 절개한다. 갈비뼈를 하나씩 절개할 때마다 가슴 부위의 장기가 조금씩 드러난다. 열 개 정도의 갈비뼈를 제거하고 기구를 이용해 다시 가슴을 확 열어젖히자, 폐와 심장, 식도, 기관지 등이 모두 드러났다. 환한 무영등 밑으로 드러나는 갖가지 색깔의 장기는 아

직도 생명의 기운이 서려 있는 듯 싱싱하다. 어떤
면에선 매혹적이기까지 하다.

복막 부근의 조직을 잘라 내자 위와 간, 대장,
소장 등의 내장도 모두 드러난다. 배가 열리는 순
간 역겨운 장기 냄새가 마스크 안, 코를 찔러 온다.
부검의들은 이쪽에 이골이 났는지 표정에서조차
아무런 동요가 없다. 장기를 하나하나 떼어 낸다.
이미 급성 심근경색으로 예상되었기 때문에 심장
부터 떼어 다시 가른다. 부검의는 나와 수사관들에
게 검게 괴사된 심근육을 보여 준다. 심근경색이라
는 명백한 증거라는 것이다. 뒤이어 위를 꺼내 안의
내용물을 짜낸다. 뒤이어 간과 콩팥과 지라, 식도
기관지, 심지어 자궁도 모두 적출한다. 대장과 소장
도 꺼내 각 부위를 일부분씩 잘라 낸다. 즉석에서
각종 수치가 드러난다. 부검의들은 수치가 드러날
때마다 고개를 끄덕인다. 적어도 독극물이나 외상
에 의한 쇼크사는 아니라는 뜻이다.

몸 부검이 끝나자 내장들이 아무렇게나 배 속
에 넣어진다. 절개된 피부는 다시 꿰매진다. 꿰매는
작업과 함께 머리 부검이 시작된다. 다 끝난 것이
아니었다. 한 부검의가 요란한 전기톱 소리를 내며

두개골을 절단한다. 나는 눈을 감았다.

적막을 깨고 어디선가 와, 하는 아이들의 함성소
리가 들려온다. 시장통에서 방역차가 흰 연막을 뿜
으며 큰길 쪽으로 다가온다. 11월에 난데없이 방역
차라니, 피식 웃음이 흘러나온다. 아이들은 마치
피리 부는 사나이에게 홀린 듯 방역차의 뒤를 좇
고 있다. 그러고 보니 월동 모기와 모기 유충 퇴치
를 위해 방역 작업을 한다는 현수막을 얼핏 본 적
이 있다. 가을이 다 지나도록 모기들은 더욱 강력
한 내성과 독성을 지닌 채 도시에서 좀처럼 사라지
지 않았다. 약국에서도 보통 하루에 서너 개씩 살
충 스프레이와 전자 모기향이 팔려 나갔다. 이상
기온도 문제이지만 긴 시간 건조한 날씨가 계속되
었던 이유가 더 클 것이다. 통유리창에 기대어 하
늘을 올려다본다. 하늘은 여전히 *끄*무레하지만 아
직 비가 내릴 기세는 아니다.

방역차가 약국 앞을 지나간다. 통유리 너머 거리
의 풍경이 연막 속으로 사라진다. 은행나무 밑 아
내의 모습도 사라진다. 이내 가슴이 고동치며 알
수 없는 불안감이 고개를 든다. 습관처럼 서랍 속

의 신경안정제를 꺼내려다 만다. 클로르프로마진이라는 약이었다. 일반인은 특수 처방전이 없으면 구할 수 없는, 마약 성분이 다량 함유된 약품이다. 약대 시절부터 이 약을 꾸준히 복용해 왔다. 그러나 요즘 들어 약의 효능이 예전 같지 않음을 느낀다. 건성안의 증세도 내성으로 인해 약의 효과가 떨어지며 나타난 현상인지도 몰랐다.

연막이 걷히기 시작하자 조금씩 사물들이 제 윤곽을 드러낸다. 은행나무의 잎들 사이로 연막이 천천히 흘러내린다. 아내의 모습도 다시 눈에 들어온다. 그새 짙어진 어스름 때문이었을까, 아내의 눈두덩 위가 온통 거멓다. 건너편 건물의 붉은색 네온 십자가가 뚜렷이 눈에 들어온다. 이제 조금만 있으면 하나 둘 거리의 간판이 켜지기 시작할 것이다. 가로등 불빛이 들어오고 낡은 노래방 입간판이 한참을 뜸들이다 켜지는 것을 마지막으로 거리는 활기를 되찾을 것이다. 도시에 불이 들어오는 것이 마치 신호라도 되는 듯이 아내도 곧 어둠 속으로 사라지리라.

노인 몇 명이 대나무 장대를 들고 은행나무 잎을 훑고 있다. 대나무 장대를 움직일 때마다 은행이 후두둑, 후두둑 떨어진다. 마침 신호등을 기다리던 사람들이 인상을 찌푸리며 자리를 비켜선다. 은행 몇 개가 아내 머리 위로 떨어진다. 그녀는 무감한 표정으로 눈을 씀벅인다. 역한 구린내 따위는 아무렇지도 않다는 듯 노인들은 그녀 주위로 떨어진 은행을 맨손으로 쓱쓱 주워 담는다. 그들은 은행 옻 따위에는 내성이 생긴 듯 했다.

텔레비전에서 동물의 왕국이라는 프로그램이 시작된다. 바다 속 산호의 생태를 보여 주는 내용이다. 깊고 어두운 물속에 빛을 비추자 갖가지 색깔의 산호와 괴이한 모양의 심해 생명체가 나타났다. 산호의 화려한 색깔과 심해 생명체의 기형은 왠지 낯익다. 무영등 아래 드러나던 어머니의 몸속과 닮아 있는 듯하다.

어머니는 굿판에서 돌아가셨다. 굿을 끝내고 잠시 쉰다며 소파에 누운 것이 마지막이었다. 가슴을 움켜잡고 얼마간 짐승 같은 소리를 냈다고 햇다. 직접적인 사인은 심근경색이었다. 그러나 어머니의 장례는 한참 후에나 치러야 했다. 나를 의심하는 의부(義父)의 진정서가 경찰에 접수되었기 때문이다. 약물 투여에 의한 중독사의 가능성이 있

다는 것이다. 그간 결혼 문제 때문에 어머니와 갈
등이 심했다는 것과 내 직업이 약사라는 것이 그
신빙성을 더했다. 재산 상속과 관련된 의부의 농간
이었지만 경찰의 요청에 따라 부검이 결정되었다.

　내 무고가 밝혀지기는 했지만 부검을 하는 동안
나는 어머니의 비밀 하나를 알게 되었다. 어머니의
음부는 무모(無毛)였다. 아버지는 바닷가에서 나서
바다에서 죽은 '뱃사람'이었다. 술에 취하기만 하
면 신당을 부수며 어머니를 때리고 심지어 어린 나
에게까지 손찌검을 했다. 돈을 손에 쥐면 술집으로
향하거나 도박에 정신을 팔았다. 평소에도 아내와
자식에 대한 애틋함 따위는 없었다. 어머니는 미련
스럽다고 할 정도로 아버지의 폭력과 외도를 온전
히 받아 주었다. 때리면 피하거나 저항하지 않았고
달라는 돈이 있으면 빚을 내더라도 줬다.

　아버지의 오구굿이 있던 날, 어머니는 망자를 부
르는 초망자 거리에서 아버지의 넋을 감아 오기 위
해 직접 바다로 들어갔다. 익사를 방지하기 위해
허리에 묶는 소창도 마다했다. 터벅터벅 바다로 걸
음을 옮겼다. 보통 허리까지 물이 차오르면 망자와
의 접신이 이뤄져 물 밖으로 나오기 마련이다. 그

러나 어머니는 물이 허리춤을 지나 가슴께에 이를 때까지 나올 생각을 하지 않았다. 물이 목까지 잠기고 이내 머리마저 바다 속으로 사라졌다. 주바라지와 약바라지의 무악 반주가 온 마을을 울려 댈 정도로 커져 갔다. 좀처럼 어머니는 나오지 않았다. 주위가 술렁였다. 상복을 입은 내가 울고 불며 어머니를 꺼내 달라고 외쳤다. 어른들은 꿈적도 하지 않았다. 괜찮다, 푹 실래 갖고 나올 모양이다, 한 만신이 나를 달래며 말했다. 얼마나 지났을까, 어머니의 쪽진 머리가 보이기 시작했다. 눈을 뒤집어 까고 입에는 거품을 물었다. 몸은 부들부들 떨었다. 손에는 무언가가 들려 있었다. 검정색 장화였다. 아버지의 것과 같아 보였다. 무악 반주가 더욱 거세어졌다. 굿청으로 돌아온 어머니는 제수 음식들을 걸신들린 듯 먹어 치웠다. 밥과 국과 나물들을 입속에 마구 처넣었다. 돼지의 생고기 한쪽을 들어 우악스럽게 한입을 베어 물었다. 질경질경 씹어 대다 뱉어 버리곤 한껏 막걸리를 들이켰다. 갑자기 푹 고꾸라졌다. 몸은 감전된 듯 부르르 떨렸다. 만신들이 다가가 아버지 몫으로 끊어 놓은 바지저고리를 입혔다. 어머니가 다시 눈을 떴다. 자리에서

일어나 두 손바닥으로 자기 뺨을 마구 때렸다. 이
년아, 이 무당 년아, 이 민보지 년아, 니가 나를 죽
였다, 니가 나를 죽였다. 어머니의 입을 빌어 아버
지가 말했다.

신호등 옆에 사람들이 서 있다. 가게로 들어오는
손님은 대개 큰 약국 간판을 주시하며 걸어오곤 했
다. 길의 중간 즈음만 건너오게 되면 누가 약국으
로 들어오는지 알 수 있다. 나는 자리에서 일어나
얼른 그들에게 눈길을 맞추곤 했다. 이번엔 창민이
다. 자리에서 일어서자, 순간 눈앞의 풍경이 흔들린
다. 아이의 손에 지폐 몇 장이 들려 있는 것이 보인
다. 아까 창민네가 미처 치르지 못한 약값일 것이
다. 그런데 아이는 여전히 인라인스케이트를 타고
있다. 길을 건너기 전부터 벌써 아이는 이곳에 눈
을 박고 있다. 마치 달리기 경주의 스타트 선에 선
듯한 자세이다. 위험하다. 신호가 바뀐다. 아이가
이쪽으로 달려온다.
  그때였다. 찢어질 듯한 브레이크 소리가 들린다.
그 충격의 파동이 고스란히 내 몸까지 전해진다.
순간 덤프트럭의 대형 바퀴 속으로 아이의 다리가

말려들어 가고 뒤이어 몸통이 송두리째 빨려 들어
간다. 두개골이 깨지는 파열음이 들려온다. 일제히
자동차의 경적 소리와 사람들의 비명 소리가 들려
온다.

나는 자리에서 일어나 사고 현장으로 뛰어간다.
아이가 엎어져 있다. 팔다리가 완전히 꺾여 있다.
왼쪽 눈은 부릅뜬 채, 오른쪽 얼굴이 도로에 맞닿
아 있다. 반대편으로 뇌수와 함께 핏물이 고이기
시작한다. 탄식만 흘러나올 뿐, 어느 누구도 아이
에게 다가서지 못한다. 나는 사람들을 뚫고 아이
앞으로 다가간다. 아이의 육체는 남은 힘을 마저
털어 내듯 주기적으로 경련을 일으켰다. 깊게 열린
아이의 눈동자를 본다. 어린 고라니의 눈빛과 닮아
있다. 반대편의 안채(眼彩)도 희미하게 꺼져 간다.
이미 틀린 것이다. 아이의 손은 여전히 천 원짜리
지폐 넉 장을 꼭 쥐고 있다. 어디선가 앰뷸런스 소
리가 들려온다. 119 구조대원들이 아이를 들것에 싣
는다. 창민네가 울부짖으며 앰뷸런스에 올라탄다.

고개를 돌리자 은행나무 아래 마치 온몸이 경직
된 듯 꼼짝 않고 서 있는 아내가 보인다. 거대한 충
격이 휩쓸고 지나갔으리라. 나는 걸음을 재촉해서

아내 쪽으로 향한다. 이로써 그만 벗어나기를, 그래서 정신이 온전히 돌아와 있기를. 민호 엄마, 아내를 조심스레 불러본다. 그때 경찰 한 명이 내 앞을 막아선다. 대략적인 사고 설명을 부탁한다는 것이다. 운전수의 명백한 신호 위반이었음을 증언한다. 함께 있던 사람들도 내 말에 동의한다. 경찰은 곳곳에 흰색 스프레이로 사고 현장을 표시해 둔다. 겨우 사람 형체임을 알 수 있는 아이의 실루엣도 그려 둔다. 물기 때문에 흰색 스프레이의 그림이 자꾸 번진다. 경찰은 몇 번이나 반복해서 표시한다. 운전수가 경찰차에 실린다. 사고 현장이 대충 마무리되고 경찰이 자리를 떴을 때야 비로소 나는 아내에게 다가간다.

내 시선과 마주치자 아내는 얼굴을 일그러뜨린다. 눈알 흰자위가 충혈된다. 동공이 크게 열리며 입에 거품을 문다. 이루 말할 수 없는 고통이 지나가는 듯하다. 아내가 풀썩 주저앉는다. 고개를 숙여 치마폭으로 손을 넣는다. 질퍽한 핏덩이를 꺼내 든다. 아내의 몸이 와르르, 무너진다. 핏물이 튀며 내 흰 가운을 적신다. 모든 소리가 이명처럼 윙윙거리기 시작한다. 눈 앞 거리의 풍경이 녹아내린다.

빗물에 섞인, 독성으로 가득한 피비린내가 확 풍겨 온다. 경련이 온몸으로 퍼진다. 츠르르, 머릿속을 헤집듯 방울 소리가 들려온다. 핏덩이가 꿈틀댄다. 마치 되감기 버튼을 누른 듯 질퍽했던 피가 빨려 들어가고 팔과 다리와 머리가 제자리를 찾아간다. 일그러졌던 얼굴이 바로 펴진다. 눈알이 들어가고 코가 바로 서고 입이 돌아온다. 벌거숭이 아이가 일어선다. 나를 닮은 아이가 까만 눈을 빛내며 웃고 있다.

거대한 은행나무 가지 위에서 낚싯바늘에 걸린 물고기처럼 어린 넋이 파닥거린다. 빗발이 더욱 거세지고 어스름이 깔린다. 거리는 잊고 있었다는 듯이 일제히 가로등을 켠다.

뷔통

아직 소리는 들려오지 않는다. 맥도날드 매장 2층, 바 테이블에 앉아 J는 귀를 기울인다. 어제 J는 같은 자리에 앉았다가 소리를 들었다. 지하 깊은 곳을 맴돌던 소리는 순간, 사정권에 든 먹잇감을 덮치듯 지상으로 솟구쳤다. 땅이 꺼지며 도시의 모든 것들을 순식간에 삼켜 버릴 것 같은 소리였다. 매장을 울리던 팝 음악과 시끄럽게 떠드는 사람들의 음성은 싹 지워졌다. J는 오늘 그 소리를 한 번 더 확인하고 싶었다. 매장에 들어온 지는 20분 정도 지났다. J는 차갑게 식은 햄버거의 포장을 벗긴다. 약을 먹기 위해서는 속을 조금이라도 채워 놔야 한다. 소고기 패티와 피클, 양상추, 토마토 등의 내용물 사이로 머스타드 소스가 흘러내린다. 배를 가른 생선 속 내장처럼 비릿한 냄새가 풍긴다. 욕지기가 솟는다. 억지로 햄버거의 가장자리를 한입 문다. 두어 번 씹고 그대로 목구멍으로 넘긴다. 콜라를 한 모금 마시고 다시 햄버거를 문다. 위장이 더 요동치기 전에 J는 햄버거를 목구멍 속으로 욱여넣는다.

창 아래 매장 앞으로 시선을 던진다. 두 명의 청년이 화살표 모양의 광고판을 든 채, 현란한 춤 동작을 선보인다. 새로 출시된 메뉴를 알리는 사인스피닝 광고였다. 비보이 동작과 연동된 고난도의 트릭과 퍼포먼스에 행인들은 가던 길을 멈춘다. 도로 건너에는 사각의 거대한 건물이 웅크리고 있다. 어둠에 휩싸인 그것은 불야성을 이룬 주위와 뚜렷이 대비된다. 창문 하나 없이 대리석으로 마감한 외벽은 중세의 성벽처럼 견고하다. 정기 세일이라고 적힌, 빛바랜 거대 현수막이 바람에 펄럭인다. 3년 전까지만 해도 백화점이었던 건물이다. 건물 앞에 작은 광장이 있지만 역시 어둡기는 마찬가지다. 사람들의 통행과 차량 주차를 막기 위해 볼라드를 촘

촘히 박고 그 위로 쇠줄을 연결했다. 광장 한편, 건물의 오른쪽 주차장 입구에 경비실이 있다. 예전에는 주차 관리실로 쓰였던 백화점의 부속 건물이다. 경비실 창 너머에서 김 씨가 소주잔을 홀짝이며 티브이를 보고 있다.

누군가 뒤에서 J의 어깨를 두드린다. 고개를 돌리자 트레이를 든 남자가 서 있다. 뭐라 뭐라 말하고 있지만 매장 전체를 울리는 음악 소리 때문에 잘 들리지 않는다. 아마도 다 먹었으면 자리를 비켜 달라는 말인 듯하다. J는 자리에서 일어난다.

크르릉 소리가 들려왔다. 굶주림에 지친 육식동물의 울음소리. J는 갑작스런 현기증을 느끼며 의자에 주저앉는다. 소리의 진동이 J의 발을 통해 위장까지 전달된다. 롤러코스터를 타고 난 것처럼 메스꺼움과 울렁거림이 지속된다. J는 두 손으로 양쪽의 관자놀이를 지그시 누른다.

— 어디 불편하세요?

아무것도 듣지 못한 듯 남자가 말한다. 주위 사람들도 전혀 동요가 없다. 그러나 J의 귀에는 또렷이 들렸다. 거대한 H빔이 서로 맞부딪쳐 빈 공간을 공명하는 소리. 지하 어딘가가 아득한 허공 속으로 떨어져 나가면서 지상의 모든 것을 뒤흔드는 소리. J는 바 테이블에서 일어난다. 남자가 잽싸게 자리를 차고앉는다. 트레이의 음식물과 컵, 포장지 등을 쓰레기통에 넣고 매장을 나온다. 마침 푸른 신호등이 들어온다. 수많은 인파가 일제히 횡단보도로 내려선다. J도 발걸음을 서두른다. 근무 시간까지는 아직 30분 정도 여유가 있었지만 바로 경비실로 향한다.

J가 문을 열자 김 씨는 마시고 있던 소주병을 잽싸게 책상 아래로 감춘다. 눈의 초점이 흐릿한 것을 보니 이미 꽤 마신 눈치였다. 거 기척 좀 하지, J임을 확인한 김 씨는 책상 밑에서 다시 병을 꺼낸다. 김 씨 앞에는 국물만 남은 짬뽕 한 그릇이 놓여 있다. 한잔할 거냐며 종이컵을 들어 보인다. J는 손사래를 친다. 김 씨가 남은 소주를 물 마시듯 들이켜며 자리에서 일어난다. 나이 쉰을 앞둔 홀아비의 퀴퀴한 냄새가 코끝에 머문다. 알코올 병동을 제집 드나들 듯이 했던 사람이었다. 구청 직원 백으로 일을 시작한 지 2년 정도 지났는데, 아직 용케 버티고 있다. 김 씨는 경비복을 벗고 사복으로 갈아입는다. 비똥은 이냥 돌아오지 않을 모양이야, 허리띠를 채

우며 김 씨가 말한다. 경비실에서 맡아 키우던 고양이를 두고 하는 말이다. 정확한 이름은 '뷔통'이지만 김 씨는 '비똥'이라고 불렀다. 고급종인 러시안 블루였다. 얼굴에 밴드 좀 떼라, 조폭 똘마닌 줄 알겠다, 문을 열다 말고 김 씨가 말한다. 며칠 전 뷔통이 할퀸 자국이 여태 아물지 않는다. 경비실을 나선 김 씨는 허우적거리듯 손을 흔들며 도로를 건넌다. 그의 뒷모습이 퇴근길의 인파에 묻힌다.

J는 머리를 거울에 갖다 대고 머리카락을 쓸어넘긴다. 소주잔 크기의 희고 둥근 모양이 거울에 비친다. 갑작스레 나타난 탈모 증상이었다. J는 머리 한가운데 푹 꺼진, 흰색의 환부가 어쩐지 인터넷상에서 본 적 있는 싱크홀 같다는 생각을 했다. 지상의 것을 일거에 삼켜 버린 채 침묵하는 텅 빈 공간. 한참 후에야 병원에 갔을 때, 의사는 탈모가 중요한 게 아니라며 뇌의 시티 촬영 사진을 보여 줬다. 의사는 조속한 수술 치료가 필요하다는 말을 덧붙였다. 컴퓨터 화면에서는 10원짜리 동전만 한 흰색 덩어리가 성운처럼 빛나고 있었다.

J는 생각났다는 듯이 가방에서 약을 꺼내 물 없이 삼킨다. 단추를 풀어 상의를 벗는다. 앙상한 상

체가 드러난다. 목과 팔은 금방이라도 부러질 듯
가늘다. 러닝셔츠를 가슴까지 걷고 몸을 돌려 본
다. 등뼈가 일직선으로 튀어나와 있다. 원형탈모가
생긴 후로 10킬로그램이 빠졌다. 그만큼 몸이 세상
과 닿는 면적이 줄어든 셈이었다. 그건 만나는 사
람이 적어지고 움직이는 동선이 좁아지는 것과 궤
를 같이했다. 줄어들고 좁아지다가 마침내 점 하나
의 마침표로 남는 것. 죽음이 그렇게 깔끔하기만
하다면 죽음 따위 전혀 두렵지 않을 거라고 J는 생
각한다. 케비닛에서 경비복을 꺼내 입는다.

　J는 김 씨가 찍어 놓은 순찰카드를 꺼내 근무 일
지에 붙여 놓는다. 새 카드를 순찰시계에 넣고 태
엽을 감는다. 건물은 신도시 한복판에 위치하고 있
다. 백화점은 무분별한 사업 확장으로 자금난을 겪
고 있었던 데다, 증축 공사로 인해 균열이 생기면
서 치명타를 입었다. 결국 3년 전 최종 부도 처리
되었다. 아직 건물 소유를 둘러싼 법적 분쟁이 정
리되지 않은 상태였다. 건설 브로커들에 의해 숱한
개발 계획이 세워지기는 했다. 그러나 대부분 수익
성을 이유로 도중에 계획을 철회했고 일부는 사기
사건에 휘말리기도 했다. 건물의 터가 좋지 않을

뿐더러 언제 무너질지 모른다는 흉흉한 소문이 돌았다. 보조 공사가 늦어지면서 건물은 왼쪽으로 조금씩 기울고 있다.

J는 1년 전부터 야간 경비 아르바이트를 시작했다. 학원 파트타임 게시판에 올라온 것을 겨우 따낸 것이다. 주간에는 공무원 시험 대비 학원을 다닌다. 두 사람이 하루 2교대로 일하지만 사정이 있으면 서로 합의하에 근무 시간을 조정할 수 있다. 야간 근무는 주간 근무에 비해 페이가 높을 뿐더러 특별히 할 일이 없다. 가끔 근태 관리라는 명분으로 법적 대리를 맡고 있는 법무 사무실로부터 전화가 오지만 다분히 형식적이다. 네 시간마다 한 번씩 건물과 야외 주차장을 둘러보며 순찰시계에 초소키를 펀칭하는 게 주된 일과였다. 순찰시계를 조작해 미리 찍는 등의 융통성만 발휘하면 잠도 충분히 잘 수 있다.

오토바이 소리가 들리다가 경비실 앞에서 멈춘다. 인근 중국집의 노랑머리 배달원이다. J와 같은 고향 출신인 그는 서울에 상경한 지 반년 남짓 된다. 그는 경비실에 들를 때마다 뷔통을 찾곤 했다. 뷔통을 쳐다볼 때면 평소의 불량스러운 태도는 온데간데없어졌다. 김 씨는 노랑머리가 뷔통을 훔쳐 갔을 거라고 의심했다. 눈으로 알은체를 한 노랑머리는 경비실로 들어와 짬뽕 그릇을 챙긴다.

— 중국집에서는 무슨 소리 같은 거 안 들려?

돌아서는 노랑머리의 뒤에 대고 J가 묻는다.

— 네?

노랑머리가 휙 고개를 돌리며 말한다. 두 눈에는 호기심이 어려 있다. J는 고개를 흔들며 별거 아니라고 손을 흔든다. 노랑머리는 실없다는 표정을 지으며 경비실을 나간다. 헬멧조차 쓰지 않은 채, 달리는 차 사이를 곡예하듯 사라진다. 오토바이 타는 게 재미있을 것 같아 배달 일을 시작했다는 노랑머리의 말에 김 씨가 혀를 두르던 일이 떠올랐다.

습관처럼 수험서를 편다. 아무렇게나 펼친 책장에 명함 한 장이 꽂혀 있다. 고급스런 재질의 종이 위에 달랑 전화번호만 적혀 있다. 상호도 주소도 심지어 이름조차 인쇄되어 있지 않다. 번호의 주인은 몇 달 전 열렸던 바자회에서 내레이터 모델로 일하던 여자였다. 여자는 뷔통의 주인이기도 했다. 시의 한 여성 단체가 주최한 바자회는 건물 앞 광장에서 일주일간 계속되었다. 수십 개의 야외 행사용 텐트를 치고 의류와 일용품, 식료품 등을 팔았다. 무지개 모양을 본 딴 입구에는 성능 좋은 오디오가 설치되었다. 그 앞에서 A급 내레이터 모델들이 번갈아 가며 행사 홍보를 맡았다. J는 경비실 너머로 춤을 추는 여자를 홀끗 훔쳐보곤 했다. 12월의 추운 날씨에도 불구하고 여자는 흰색 부츠와 핫팬츠, 배꼽티를 입었다. 팔등신의 마른 몸과 긴 생머리, 유독 작은 얼굴을 가졌다. 춤을 추고 있지 않았다면 백화점 마네킹과 얼핏 구분이 되지 않을 정도였다.

행사가 열리던 첫 날, 여자 일행이 경비실에 찾아왔다. J가 김 씨와 업무 교대를 할 즈음이었다. 자신들의 소지품을 맡아 달라고 했다. 여자의 손에는 박카스 두 병이 들려 있었다. 여자는 나름대로 붙임성이 있었지만 표정은 어딘가 비어 있었다.

─사시 끼가 있어.

여자들이 나가자 김씨가 말했다.

─사시 끼요?

J는 박카스 병을 두 손으로 말아 쥐며 물었다.

─사팔뜨기 말야. 심한 건 아니지만.

점퍼를 몸에 걸치며 김씨가 답했다. 아무것도

주목하지 않는, 공허한 눈동자의 모습이 스쳐 간다. 마치 허공에 뜬 마네킹의 시선처럼. 언젠가 J는 여자의 가방을 뒤져 본 적이 있었다. 여자의 가방은 꽤 알려진 명품 브랜드였다. 지갑과 생리대 두어 개가 먼저 눈에 띄었다. 폴더형의 지갑을 꺼내 들었다. 가방과 같은 브랜드 제품이었다. 학생증이 꽂혀 있었다. 여자가 다니는 학교는 서울 변두리에 위치한 대학이었다. 지갑을 닫고 다시 넣으려 하자 뭔가가 우수수 떨어졌다. 같은 모양의 명함들이었다. 이름도 주소도 상호도 없이 전화번호만 적힌 붉은색 명함이었다. J는 명함 한 장을 책에 꽂아 놓았다.

건너편 맥도날드는 여전히 사람들로 가득하다. 매장 출입구는 M자형의 노란색 로고로 장식되어 있다. 마치 입을 크게 벌린 입술 모양이다. 형광 조명이 매장안의 사람들을 녹여 버릴 기세로 쏟아진다. 매장 안의 사람들은 위 속에서 소화되는 음식물처럼 꾸역꾸역 서로를 파고든다. 사인스피닝을 하던 청년들은 사라지고 없다. 맥도날드가 입점해 있는 7층 건물은 피부과 병원, 약국, 교회, 외국어

학원, 마사지숍, 미용실, 편의점, 네일 스토어 등이 마구 뒤섞여 있다. 맥도날드는 그 모두의 출구, 혹은 입구인 양 노란 입을 벌리고 있다. 그 입으로 쉴 새 없이 사람들을 먹고 토한다.

8시를 알리는 시계의 전자음이 들려온다. 순찰을 돌 시각이다. 순찰시계와 휴대용 전등을 들고 경비실을 나선다. 전자키의 비밀번호를 누르고 건물 1층에 들어선다. 불을 켜자 3층 높이의 드넓은 홀이 펼쳐진다. 곧이어 호화로운 샹들리에와 황금빛 타일로 장식한 거대한 기둥이 눈에 들어온다. 입구 위쪽에는 'Empress avenue'라는 글자가 선명하다. 백화점 명품 매장 이름이다. 대리석과 고급 원목으로 마감된 매장 내부가 눈부시다. 화장품이나 각종 시계, 악세사리가 전시되었을 유리 판매대가 차갑게 반짝인다. 매장 입구마다 새겨진 갖가지 명품 로고가 빛난다.

에스컬레이터가 위치한 기둥 사이로 대형 현수막이 걸려 있다. '격조 있는 상류 문화' 현수막 지지선 하나가 끊겼다. 전시 거치대와 판매대 모두 텅 비어 있다. 바닥 곳곳에는 버려진 화장품 용기와 포장 박스, 쇼핑백, 깨진 거울들이 즐비하다. 발

밑에서 유리 조각들이 으스러진다. 초소키는 매장 중간에 위치한 에스컬레이터에 설치되어 있다. 순찰시계에 초소키를 펀칭한다. 철컥, 펀칭 소리가 홀을 울린다.

2층 여성복 매장으로 올라 전등 스위치를 올린다. 순간 선도 면도 느낄 수 없는 흰색 그 자체로 빛나는 거대한 큐브 속에 들어와 있는 듯한 착각에 빠진다. 2층 매장은 바닥과 벽면 내장이 모두 흰색 인조 대리석으로 치장되어 있다. 천장도 표면이 매끄러운 플라스틱 재질의 흰색이다. 어둠이 새어 드는 창문 따위는 없다. 곳곳에 나체의 마네킹이 서 있거나 쓰러져 있다. 옷걸이가 마네킹의 머리와 함께 뒹군다. 한쪽 편에는 미처 팔지 못한 옷들이 아무렇게나 쌓여 있다. 그 위로 하얀 가루가 내려앉았다. 얼마 전 천장 타일이 떨어져 내리면서 생긴 거였다.

전시대 밑단의 문을 연다. 각종 명품 브랜드의 종이 쇼핑백이 가득 차 있다. J는 얼마 전부터 인터넷상에서 쇼핑백을 팔고 있다. 명품을 살 수 없는 여자들이 명품 로고가 새겨진 쇼핑백을 찾는다는 뉴스를 접하고 나서였다. 건물에는 수백 장의 쇼핑백이 널려 있었다. 3년이라는 시간이 지났지만 질 좋은 종이로 만든 쇼핑백은 흠 하나 없이 깨끗하다. 장당 만 원씩 거래되었다. 다섯 장의 쇼핑백을 챙긴다. 내일 퇴근하면서 택배로 보낼 것들이다.

딸랑딸랑. 어디선가 뷔통의 방울 소리가 들려오는 듯하다. 며칠 전 J는 순찰을 돌다가 이곳에서 뷔통과 마주쳤다. J의 출현에는 아랑곳하지 않고 녀석은 우아한 발걸음으로 매장을 거닐었다. 태연을 가장한 녀석의 눈빛에는 J에 대한 경멸이 서려 있었다. 뷔통은 온갖 시중을 드는 김 씨에게 어느 정도 마음을 연 것 같았지만 J에게는 어림도 없었다. J는 잡히는 대로 옷걸이 하나를 주워 뷔통에게 던졌다. 뷔통의 머리통을 정확히 가격했다. 날카로운 울음소리를 내며 전시대 사이로 사라졌다.

매직 거울로 된, 피팅 룸의 문을 연다. 수험서와 옷가지, 신발과 가방, 컴퓨터와 게임기 등이 공간을 차지하고 있다. 대부분 고시원을 나오면서 가져온 J의 이삿짐이었다. 야간 근무를 서게 되면서 굳이 고시원에서 지낼 필요가 없어졌다. 어차피 주말 평일 할 것 없이 잠자는 시간 빼고는 하루 대부분을 학원과 도서관에서 지냈다. 잠은 경비실에서 자는 것만으로 충분했다. 부족하면 인근 찜질방을 이용했다. 옷걸이에 빨래가 널려 있다. 어제 세탁기로 돌린 것들이다. 빨래는 바싹 말라 있다. 피팅 룸 의자에 앉아 빨래를 개어서 박스 속에 넣어 둔다. 바로 옆에는 턴테이블이 놓여 있다. 빈티지 콘셉트로 쓰였을 매장 전시품이었다. 처음 발견했을 때, 턴테이블은 놀랍게도 정상적으로 작동했다.

크르릉, 소리가 텅 빈 매장에 울려 퍼진다. 동시에 바닥에서 진동이 느껴졌다. J는 벽에 손을 짚고 마른 몸을 떤다. 속에서 욕지기가 올라온다. 햄버거의 비릿한 내음이 코를 찌른다. 어지럼증이 일고 눈알이 튀어나올 듯하다. 눈앞이 하얘진다. J는 문을 닫고 룸 안에 그대로 주저앉는다. 두 팔로 두 무릎을 끌어안는다. 두 무릎 사이로 머리를 묻는다. 어지럼증이 다소 진정된다. 전원을 켜 레코드판 위에 카트리지를 살짝 올려놓는다. 이름 모를 올드 팝송이 잡음을 내며 울려 퍼진다.

김 씨의 말에 의하면 소리는 지하 저수조에서 들려오는 대형 펌프의 기계음이라고 했다. 지하수가 일정 수위까지 차오르면 자동적으로 펌프가 작동했다. 지하에 내려가지 않는 이상 보통 사람은 잘 들리지 않는 소리라고 했다. 그러나 J의 귀에는 또렷하게 들렸다. 그 소리는 지하에서 올라와 중앙 에스컬레이터의 통로를 따라 분수처럼 각층에 고루 퍼져나간다. 소리가 솟구칠 때마다 건물의 균열이 더 심해지는 느낌이었다. 지하 주차장은, 기둥은 물론이고 천장에 금이 가 있는 곳이 한두 군데가 아니다. 더구나 요즘 들어 그 소리는 더 자주, 더 크게 들린다. 기계음과 회전음이 뒤섞여 있지만 왠지 인공이 만들어 낸 소리 같지는 않다.

─니가 밥을 안 먹어서 그래.

언젠가 김 씨가 소주를 홀짝이며 말했다. 전에는 교대 시간에 맞춰 김 씨와 아침, 저녁을 함께 들곤 했다. 경비실 한편에 간단히 요리를 할 수 있는 싱크대가 마련되어 있다. 김 씨가 음식을 만들고 J가 설거지를 했다. 그런데 J는 점점 식사량이 줄어들었다. 언제부턴가는 한두 숟가락 먹기도 힘들어졌다. 그나마 억지로 먹은 음식은 토하기 일쑤였다. 원형탈모증에 이어 어지럼증이 생기기 시작한 것도 그즈음이었을 것이다.

소리가 울릴 때마다 J의 머릿속에서는 아득히 성운이 퍼져 나간다. 뇌신경의 오작동이 분명했다. J는 유튜브에서 우주가 한 화면에 담긴 사진을 본 적이 있다. 별과 성운 들로 가득한 그 사진은 뇌의 뉴런 집합체와 놀랍도록 닮아 있었다. J는 어쩌면 우주는 형용할 수 없이 거대한, 어떤 유기체의 뇌인지 모른다는 생각이 든다. 인간의 뇌 또한 각각의 우주를 담고 있는 것인지도. J는 자신의 머릿속에서 성운이 퍼질 때마다 하나의 우주가 종말하는 상상을 한다. 우주가 J의 머리 밖으로 팽창하는 광경을 그려 본다. 붉은 뇌수가 빈 허공으로 솟구친다.

한우 농장을 운영하던 J의 부모는 차례대로 인근 바위산 절벽 아래로 몸을 던졌다. 소 값이 폭락해 빚을 감당할 수 없었던 것이다. 두 사람은 뇌수가 바짝 마를 때까지 발견되지 않았다. 그들의 사체를 확인했을 때, J는 머릿속 어딘가가 폭삭, 하고 내려앉는 느낌이었다. 이유도 없이, 어떤 전조도 없이 멀쩡했던 세계가 눈앞에서 순간 사라지듯이. 성운은 아마 그때부터 나타나고 있었는지 모른다.

J는 턴테이블의 전원을 끄고 밖으로 나온다. 마네킹 하나가 허공에 시선을 던진 채 서 있다. 공허한 시선이다. 벌거벗은 마네킹의 몸이 조명 아래 탐

스럽게 빛난다. J는 마네킹 앞으로 다가가 순찰시계와 휴대용 전등을 내려놓는다. 뱀파이어처럼 입을 크게 벌려 마네킹 목을 무는 시늉을 한다. 마네킹을 끌어안고 한 손으로 엉덩이를 쓰다듬는다. 마네킹의 유방에 입을 맞춘다. 서늘한 기운이 입술로 전해져 몸을 훑는다. 아랫도리가 고개를 든다. J는 서둘러 허리띠를 푼다.

이봐 뭐하는 거지?

J는 흠칫 놀라 고개를 든다. 건너편에 서 있는 마네킹 하나가 비웃음을 흘린다. 그쪽으로 다가간다. 연달아 두 번 훅을 날린다. 마네킹이 저만치 나가떨어진다. 날카로운 통증이 주먹 전체에 퍼진다. 고개를 돌리자 여러 개 금이 간 매직 거울 속에 J가 유령처럼 서 있다.

3층 스포츠 용품 및 신사복 매장과 4층 전자제품을 거쳐 5층 침구류 및 생활용품 매장까지 차례차례 순찰시계에 펀칭한다. 6층 식당가를 훑고 마지막으로 옥상의 하늘 정원에 올라선다. 3월의 찬 공기가 J의 폐 속 깊숙이 들어왔다가 빠져나간다. 하늘 정원은 한때는 값비싼 꽃과 정원수가 가득하고 분수와 물길이 있었다. 밤에는 로맨틱한 조명이 켜지고 감미로운 음악이 흘렀을 것이다. 지금은 제멋대로 자란 잡풀과 잎 하나 없이 검게 말라 죽은 나무, 무너진 인공 구조물들을 덮은 담쟁이 넝쿨이 전부다. J는 가끔 김 씨와 이곳에서 고기를 구워 먹었다. 그럴 때면 인류 최후의 생존자가 된 듯한 느낌이었다.

— 걸신들린 듯이 처먹어 대더니만.

언젠가 김 씨가 내뱉었던 말이 떠올랐다. 백화점 건물을 증축하면서 지반이 내려앉은 걸 말하는 거였다. 언제 무너질지 몰라, 김 씨는 덧붙였다. J는 담배 하나를 꺼내 입에 문다. 연기를 깊이 들이쉰다. 포만감이 느껴진다. 입맛을 잃으면서 흡연량은 배로 늘었다. 연기를 길게 내뱉는다. 옥상 너머로 펼쳐진 스카이 라인이 마치 미래 도시에 와 있는 듯한 느낌을 준다. 도시는 어둠 속에서 더 큰 생명력을 발휘한다. 아마 상공에서 바라본다면 도시는 온통 화려한 빛의 향연처럼 보일 것이다. 자동차 불빛과 가로등, 쇼윈도와 간판, 엘이디 조명으로 치장한 거대 건물과 광고 구조물 들. 그 한가운데에서 이곳만이 검고 깊은 입을 벌리고 있으리라.

크르릉, 열린 옥상 문으로 또 다시 소리가 솟구

친다. J는 본능적으로 몸을 움츠린다. 소리는 한 마리 굶주린 맹수가 되어 옥상 정원으로 뛰쳐나온다. 좋은 먹잇감을 발견했다는 듯이 맹수는 J에게 다가간다. J의 마른 몸이 떨린다. 그런데 맹수는 J를 지나쳐 옥상 정원을 빠른 속도로 가로지른다. 그러곤 그 너머로 힘껏 몸을 날린다. 거대한 포효가 밤의 허공을 가른다. J는 담배를 비벼 끄고 그쪽으로 달려간다. 도로 한가운데에 맹수가 서 있다. 피투성이의 사람 하나를 입에 물고 이쪽을 바라본다.

경비실로 내려왔을 때, 도로는 경찰차와 앰뷸런스, 정체되어 있는 차들과 이 광경을 구경하려는 사람들로 가득하다. 1.5톤 트럭 밑에 오토바이가 깔려 있다. 트럭 아래에서 오토바이 운전자로 보이는 사람의 다리가 꿈틀댄다. 뒤를 따르던 자동차들이 멈추면서 도로는 거대한 주차장이 되어 간다. 중화루라고 붉은 글씨가 쓰인 철가방과 그릇이 널브러져 있다. 노랑머리가 일하는 식당 이름이다. 들것이 막 앰뷸런스에 실린다. 들것에 누운 사람이 죽었는지 어쩐지는 알 수 없다. 쓰러진 오토바이 근처에는 피가 흥건하다. 경찰이 곳곳에 흰색 스프레이로 사고 현장을 표시한다. 사고자가 누워 있던 곳에는 사람 형체를 그려 둔다. 그것은 육체에서 갓 떨어진 넋처럼 보인다.

가까이 가자 중국요리 특유의 냄새가 코를 찌른다. 오토바이의 음식물 통이 넘어지면서 음식물 찌꺼기가 쏟아져 내린 것이다. 냄새 때문인지 현기증이 인다. 도로가 꺼질 듯 출렁인다. 가드레일에 두 손을 짚는다. J는 건물 쪽으로 고개를 돌린다. 건물이 어둠 속에서 몸을 뒤척인다. 웅크리고 있던 건물은 금방이라도 일어설 듯하다. 속이 울렁거린다. 아까 먹었던 햄버거가 기어코 올라온다. 토사물이 아스팔트 위에 쏟아진다.

사고 수습은 신속하게 끝난다. 사고자는 앰뷸런스에 실려 병원으로, 트럭 운전수는 경찰차를 타고 사라진다. 전문 청소 도구를 구비한 사람들이 피와 음식물을 치운다. 경찰들은 통행을 막았던 고깔 모양의 라비콘을 하나둘 트럭에 싣는다. 거리는 곧 활기를 되찾는다. 아무 일도 없었다는 듯 자동차의 물결이 사고 현장을 삼킨다.

경비실에 돌아와 문을 닫자 갑자기 적막이 몰려

든다. 낡은 냉장고 소리가 크게 퍼진다. J는 의자에 주저앉는다. 밤 9시를 넘긴 시간, 창 너머 맥도날드 매장은 여전히 붐빈다. 1, 2층 할 것 없이 사람들로 가득하다. 아까와 다른 게 있다면 혼자 오는 사람들이 많아졌다는 것이다. 사람들은 빠짐없이 귀에 이어폰을 끼고 있거나 한 손에 스마트폰을 쥐고 있다. 한 남자가 창가 쪽으로 난 바 테이블에 앉는다. 앉자마자 하루치의 피곤을 악물 듯, 벌린 입속으로 햄버거를 밀어 넣는다. 스마트폰 화면에서 눈을 떼지 않는다. 남자의 위 속에서 천천히 소화되고 있는 음식물이 J는 왠지 환히 보이는 듯하다.

여자들은 매일 경비실에 들렀다. 주로 몸을 녹이거나 배터리 충전을 했다. 김 씨가 있을 때는 여자들과 함께 중화루에서 음식을 시켜 먹었다. 행사 마지막 날, 여자는 뷔통을 사흘만 맡아 달라고 부탁했다. 여자의 품속에는 한눈에 봐도 고급종일 것 같은 고양이가 안겨 있었다. 부드러운 은빛 털과 초록색 눈, 뾰족한 귀를 가졌다. 목에는 장식용 방울이 걸려 있었다. 잔뜩 경계하는 눈빛이 역력했다. 이사 문제 때문에 데리고 있기가 곤란하다는 것이다.

—이름은 뷔통이예요. 루이뷔통할 때 뷔통.

J는 실소를 흘렸다.

—어때요, 기품 있죠? 러시안 블루예요.

처음엔 사람을 좀 가리는 편이지만 한번 친해지
면 정이 깊은 고양이라고 했다.

—고시생인가 봐요?

여자가 J 앞에 놓인 행정법 기출문제집을 흘끔거
리며 말했다. 공무원 시험으로 틀기는 했지만 작년
까지만 해도 J는 사법고시 준비를 했다.

—사실, 이제 그만둘 생각예요.

J가 말했다. 뷔통을 책상 위에 올려놓으며 여자
는 왜냐고 물었다.

—제가 합격하면 마을 잔치 하겠다고 아버지가
사 놓은 소가 있었어요.

책상 위를 걷는 뷔통의 모습은 우아했다. 마치
발레리나처럼 발끝으로 걷는 것 같았다.

—그런데요?

힐끗 여자의 얼굴을 쳐다보니 여자의 눈은 더 사
시가 되어 있었다.

—그 소가 늙어 죽었거든요.

J는 심드렁한 투로 말했다. 말뜻을 알아차린 여자

는 숨넘어갈 듯 웃었다. 아버지도 돌아가셨죠, J가 덧붙이자 여자는 웃음을 멈췄다. 뷔통을 맡기고 떠난 뒤, 여자는 종적을 감췄다. 뷔통은 사람이 보는 앞에서는 음식을 먹지 않았다. 김 씨와 J는 사료를 먹이통에 놓아두고 경비실 밖으로 나와야 했다. 질색할 줄 알았던 김 씨는 의외로 뷔통을 살뜰하게 챙겼다.

자동차의 헤드라이트가 비칠 때마다 도로 위에 그려진 실루엣이 일어섰다가 다시 눕기를 반복한다. 그 실루엣의 주인이 노랑머리인지 아닌지는 알 수 없었다. 중국집에 전화 한 통만 하면 확인할 수도 있지만 관두었다. 한 치 앞의 어둠만을 비추는 헤드라이트 불빛. J는 그 한 치 너머의 어둠에 무엇이 도사리고 있었는지 알고 싶지 않았다. 여자의 명함을 쥐고 망설이다가 J는 휴대폰을 꺼내 든다.

지금…… 가능?

번호를 입력한 뒤 문자를 보낸다.

어디……?

채 5분도 안 되어 답장이 뜬다. 왠지 메시지에서 경계심이 잔뜩 묻어난다.

H역 맥도날드 앞.

N백화점 건너편?

옙

숏?

풀!

12시 이후, OK?

OK

시곗바늘이 11시를 가리킨다. 티브이를 켠다. 쓰나미가 휩쓸고 간, 이웃나라의 도시 풍경이 나온다. 각종 쓰레기가 넘쳐나는 폐허의 한가운데 텅 빈 콘크리트 건물이 서 있다. 그것은 언뜻 거대동물의 뼈대처럼 보인다. 화면은 쓰나미가 도시를 덮치는 장면으로 넘어간다. 심해의 바닥이 갈라지면서 올라온 파동이 거대한 파도가 되어 한순간 도시의 살을 발라낸다.

몸에서 역한 냄새가 풍긴다. J는 팔을 들어 큼큼, 하고 자신의 옷 냄새를 맡는다. 중국요리와 토사물 냄새가 섞여 있다. 아까 토하고 나서 제대로 씻는다는 것을 깜박했다. 경비실 안쪽에 딸린 화장실에 들어선다. 변기와 세면대뿐이지만 세탁기도 넣을 수 있을 정도로 넓다. 거울 속에 하얀 얼굴이 떠 있다. 왼쪽 뺨의 밴드를 뜯어낸다. 딱지가 붙기 시작했지만 아직은 핏물이 비친다. 뷔통이 내고 간 상처였다.

맡겨진 지 한 달 정도가 지나자 뷔통은 새벽마다 외출을 하곤 했다. 인터넷을 검색해 보니 러시안 블루는 집 안에만 머물 뿐 거의 집 밖에 나가지 않는 특성을 가지고 있다고 했다. 김 씨는 잡종임에 틀림없다고 했다. 언젠가, 아침에 돌아온 뷔통은 어딘가 발걸음이 어색했다. 뒷다리가 앞다리의 보폭에 반 박자씩 느린, 기묘한 모습으로 걸었다. 낡은 가죽 소파 위로 사뿐히 올라갔다. 머리를 숙여 옆구리 깊숙한 곳을 열심히 핥았다. 자세히 보니 뒷다리의 대퇴부 부위가 찢겨 있었다. 뭔가 날카로운 물체에 긁히거나 물린 것 같았다. J는 뷔통의 상처를 자세히 살폈다. 하얀 뼈까지 드러나 보이는, 심한 열상이었다. 상처는 약을 발라서 나을 것이 아니었다. 날이 밝으면 동물병원에서 봉합수술을 받아야 할 듯 싶었다. 캐비닛 위에서 비상약함을 꺼냈다. 일단 덧나는 것을 막기 위해 상처 위에 조심스럽게 약을 떨어뜨렸다. 갑작스런 통증에 놀란 녀석이 비명을 지르며 J의 뺨을 할퀴었다. 잽싸게 몸을 피한 녀석은 문 쪽에서 털을 세운 채, 갸르릉, J를 노려보았다. 뺨에 손을 갖다 대자 손에 제법 피가 묻어났다. 조용히 살의가 지나갔다. 마침 출근하던 김 씨가 문을 열었다. 그 길로 밖으로 나간 뷔통은 돌아오지 않았다.

손을 씻고 이를 닦는다. 거울에 비친 J의 상의 깃 부분에 토사물이 묻어 있다. J는 상의를 벗어 던진다. 목과 쇄골 부근에 토사물이 말라 있다. 아예 샤워를 해야 했다. 커피포트로 물을 끓인다. 옷을 벗어 선반 위에 놓는다. 마른 가지 같은 몸에 소름이 돋는다. 커피포트에서는 3분도 안 돼 물이 끓는다. 두 번 정도, 끓인 물을 양동이에 담긴 찬물에 섞는다. 바가지로 물을 퍼 몸에 뿌린다. 한기가 달아나는 듯 하다가 다시 몰려든다. 물을 다시 한 번 붓는다. 커피포트에서 물이 끓어오르며 하얀 김이 새어 나온다. 세면대의 거울이 뿌예진다. 도로 위의 흰 실루엣이 거울 속에 떠오르는 듯하다. 또다시 욕지기가 목을 타고 넘어온다. J는 몇 번 헛구역질을 한다.

평상복으로 옷을 갈아입고 침대 옆의 1인용 소

파에 앉는다. 눈을 감는다. 매장 유리 진열대 위에 여자를 올려놓고 하나하나 옷을 벗긴다. 여자의 눈과 마주친다. 아무것에도 주목하지 않는 공허한 눈. 하지만 기이하게 시선을 잡아끄는 눈. J가 손으로 여자의 유방을 움켜쥔다. 여자는 속눈썹을 파르르 떨면서 눈을 감는다. 알몸이 된 여자가 차가운 유리 위에서 꿈틀거린다. J의 성기가 여자 안으로 들어간다. 속은 차갑고 건조하며 딱딱하다. 상체를 들어 여자를 본다. 마네킹이 시선을 허공에 던지고 있다.

12시, 두 번째 순찰을 알리는 전자음이 울린다. J가 눈을 뜬다. 10분이 채 안되는 짧은 잠이었다. 순찰시계와 휴대용 전등을 들고 일어선다. 책상 위의 휴대폰을 들자 마침 진동음이 울린다.

곧 도착해요.

여자였다. 고개를 들어 길 건너편으로 시선을 던진다. 맥도날드 앞에 택시 한 대가 선다. 여자가 내린다. 하이힐을 신고 보라색 계통의 원피스를 입었다. 꽃샘추위가 물러가지 않은 계절에 입기에는 얇아 보인다. 여자는 두 팔을 포갠 채 어깨를 잔뜩 움츠린다. 주위를 두리번거리던 여자는 얼굴을 경비실 쪽으로 향한다. 정면에서 비껴 오는 공허한 눈빛. J는 스위치를 눌러 불을 끈다.

춥네요, 맥도날드 안에 들어가 있을게요.

다시 여자의 문자 메시지가 온다. 여자가 입을 크게 벌린 맥도날드 매장으로 걸어 들어간다. 자정을 넘긴 맥도날드는 한산하다. 하지만 아직도 허기가 가시지 않았다는 듯, 농도 짙은 형광 조명이 위액처럼 녹아내린다. 여자는 카운터에서 커피를 주문하고 2층 전면 바 테이블에 자리를 잡는다. 가방에서 파운데이션을 꺼내 화장을 고친다. 커피를 두어 모금 마시고 휴대폰을 든다.

왜 답이 없죠?

휴대폰에 다시 문자메시지가 뜬다. J의 손가락이 통화 버튼 위에 머문다.

이런 거 처음인가 보죠?

이러시면 저 바로 이동해요.

연달아 메시지를 알리는 짧은 수신음이 울린다. 얼마나 지났을까, J의 휴대폰이 울린다. J는 수신음의 수를 센다. 한 번, 두 번, 세 번……. 스무 번 넘게 울리다가 겨우 멎는다. 뭔가를 골똘히 생각하던 여자는 다시 휴대폰을 든다. 여자가 환한 표정을 지으며 입술을 움직인다. J에게 건 전화가 아니었다. 여자는 휴대폰을 귀와 어깨 사이에 끼운 채 자리에서 일어난다. 매장을 나와 택시를 잡을 때까지도 통화는 끝나지 않는다. 여자를 태운 택시는 빠른 속도로 거리를 벗어난다.

J는 경비실을 나와 뒤쪽 지하 계단으로 향한다. 그곳은 지하 매장으로 이어진다. 불을 켜자 천장을 떠받치고 있는 수십 개의 철제 보조물이 눈에 들어온다. 푸드코트로 쓰였던 곳이다. 미로를 헤매듯 걸음을 옮긴다. 한식 코너 주방 안으로 들어간다. 쌀독으로 쓰였던 항아리의 뚜껑을 연다. J의 허리께까지 오는 큰 항아리. 뷔통이 웅크린 채 J를 바라본다. 배설물과 곪은 상처에서 나는 악취가 J의 코를 찌른다. 입을 벌려 우는 듯했지만 소리는 나오지 않는다. 아직도 살아 있는 거였다. 며칠 전 J는 순찰을 돌다가 녀석의 희미한 울음소리를 들었다. 녀석은 항아리 속에 들어가 있었다. 마치 죽을 자리라도 찾아왔다는 듯이.

J는 버려져 있던 고무장갑을 주워 손에 낀다. 허

리를 숙여 뷔통의 뒷덜미를 잡아 올린다. 힘이 빠진 녀석은 저항조차 하지 않는다. 몸은 깃털처럼 가볍다. 썩어 가는 뒷다리의 상처에서 검은 피와 진물이 떨어진다. J는 지하 3층으로 내려간다. 단단히 잠겨 있는 자물쇠를 풀고 기계실에 들어선다. 불을 켜자 기계실은 복잡하게 얽힌 배전관과 구불구불한 파이프, 거대한 물탱크와 닥트, 발전설비들이 가득하다. 마치 창자와 장기가 가득한 거대 동물의 배 속 같다. 기계실도 철제 보조물들이 천장을 떠받치고 있다. 지하 저수조의 출입문은 대형 송풍기와 공기조화기 사이에 있다. J는 뷔통을 내려놓고 자동차 바퀴만 한 핸들형 밸브를 돌려 수조 뚜껑을 연다. 뚜껑에 쌓여 있던 먼지가 수북이 일어난다. 아래는 거대한 어둠이 입을 벌리고 있다. 허공처럼 깊이도 넓이도 알 수 없다. 찬바람이 얼굴을 때린다. J는 그 속으로 뷔통을 던진다. 크르릉, 어둠 너머에서 흰 성운이 퍼져 오른다.

라리루레로　파피푸페포

1

― 익스큐즈 미!

굵은 톤의 노인 목소리였다. 고개를 돌리자 열차 승무원의 안내를 받으며 백인 노인이 객실로 들어서고 있었다. 여든은 넘었을까, 훤히 드러난 이마와 검버섯으로 덮인 피부, 푹 꺼진 눈두덩이, 노인은 숨까지 가쁘게 몰아쉬고 있었다. 승무원의 부축을 받은 손은 풍을 맞은 듯 가볍게 떨었다. 노인은 나와 시선이 마주치자 미소를 지으며 윙크를 했다. 눈

빛만큼은 형형했다. 노인의 옷은 중국 소수민족의
의상처럼 알록달록했다. 명치께에서 뭔가가 햇빛을
받아 반짝거렸다. 500원짜리만 한 거울을 드롭으로
박아 넣은 팬던트였다. 팔목에는 여러 겹의 천으로
된 팔찌를 끼고 있었다. 승무원이 노인의 짐을 내
건너편 침대 밑으로 욱여넣었다. 나는 눈인사로 대
답을 대신하고 고개를 창밖으로 돌렸다.

　얼마 안 있어, 열차는 라싸 시내를 벗어났다. 4인
용 객실에는 나와 노인 두 명만 탑승했다. 창밖, 알
룽창포 강 위로 수만 개의 햇살이 깨지고 있었다.
하늘을 올려다보자, 직사의 태양 광선이 내리쬤다.
마치 망막 안쪽까지 타들어 와 머릿속 기억을 모두
태워 버릴 기세였다. 창가에 붙은 테이블 위에는 여
행 안내서와 사진 엽서 한 장이 놓여 있었다. 11월
겨울로 접어드는 티베트의 하늘은 여행하는 내내
구름 한 점 없이 청명했다. 한국의 가을 하늘과도
비교할 수 없을 정도로 깊고 파랬다. 그것은 이를테
면 우주의 심연이 영적으로 형상화된 색이었다. 별
조차 입멸(入滅)한 듯, 검고도 푸른, 빛의 공간. 하
늘 아래 티베트 고원은 마치 여인의 품처럼 더 깊이
들어갈수록 더 넓게 자기 몸을 열어 주었다.

생수 페트병 하나를 땄다. 아직 냉기가 남은 듯 물방울이 가득 맺혀 있다. 물을 마시려는 순간, 페트병 포장에 인쇄된 글자가 눈에 들어왔다. '第五季'라는 한자 단어였다. 그러고 보니 라싸에서 팔리는 대부분의 생수가 같은 상표였다. 다섯 번째 계절, 생수 상표치고는 꽤 시적이었다. 하긴 물이 귀한 티베트에서는 이보다 더 고상한 이름이라도 붙일 수 있으리라. 찬 물을 들이키자, 갑자기 안쪽 이에 통증이 왔다. 하룻밤 자고 괜찮아졌다 싶었던 사랑니였다. 가이드가 소개한 옌징의 민간 치료소에서 임시로 처방을 받긴 했다. 샤먼인지 치료사인지 모를 노파가 잇몸을 칼로 짼 후에 소금 한 줌을 내밀었다. 상처 부위에 물고 있으라는 말이었다. 황토와 섞인 거친 소금이 상처를 파고들었다. 처음엔 짠맛 때문에 구역질이 나왔지만 신기하게도 통증은 곧바로 사라졌다.

소금 산지인 옌징은 황토빛 란창강이 흐르는 협곡에 자리했다. 협곡 양옆은 풀 한 포기 제대로 자라지 않은 민둥산이었다. 소금은, 가느다란 나무 기둥 위로 나무판자를 잇대고 그 위를 진흙으로 미장한 테라스에서 채취되었다. 이러한 모양의 소금밭은 급경사의 민둥산에 계단식으로 다닥다닥 붙어 있었다. 아래쪽 멀리서 바라보면 그 색깔과 모양이 마치 커다란 갓을 펼친 채 층층이 자라는 상황버섯 군락을 연상케 했다. 공동소유의 소금 우물에서 인부들이 끊임없이 물을 길러 소금밭에 뿌렸다. 소금 우물은 강이 범람하더라도 물에 휩쓸리지 않도록 진흙벽돌로 쌓아올린 높은 탑 속에 위치해 있었다. 깊이를 알 수 없는 우물은 강의 색깔과 다름없는 황토색이었다. 그 물은 수억 년 전 대륙이 융기하면서 형성된 지층에서 올라온다고 했다. 오랫동안 돌처럼 굳어 있던 소금이 물과 만나면서 바다의 먼 기억을 불러내고 있는 거였다.

생각이 거기에 이르자, 몸속 깊은 곳에서 커다란 돌덩이 하나가 들썩이는 듯했다. 한국을 떠나면서 의식 깊숙이 가라앉아 있던 기억이었다. 그것은 서서히 굳어 오는 몸만큼이나 날로 단단해져 어떠한 의식의 흐름에도 씻겨 내려가지 않았다.

2

― 오다가 경찰 만나지 않았나? 방금 다녀갔는데.

퇴근해 집에 들어가자 권 집사가 말했다. 목소리는 무심한 듯했지만 나를 경계하는 구석이 있었다. 물수건으로 어머니의 몸을 닦고 있었다. 뻣뻣하게 굳은 몸뚱이가 권 집사의 손길에 따라 통나무처럼 흔들렸다. 마치 염을 하고 있는 듯이 조심스러웠다. 권 집사의 손이 어머니의 겨웃을 향하자 나는 고개를 돌렸다. 저수지에서 여성으로 보이는 사체가 발견되었다고 권 집사는 말을 이었다. 저수지는 인근에서는 좀처럼 찾아볼 수 없는, 넓은 크기와 담수량을 자랑했다. 자연 호수만큼이나 습지가 잘 발달돼 있어서 꽤 많은 동식물들이 서식했다. 최근에는 가뭄이 계속되면서 수량이 많이 줄었다. 습지는 말라 풀만 무성했다. 물이 남아 있는 곳에는 녹조가 가득했다. 20년 만에 찾아온 최악의 여름 가뭄이었다.

아마도 이 지역에 사는 젊은 남자들은 모두 수사 대상이 되었을 것이다. 손가락 지문이 예리한 칼로 도려져 있어 신원 파악조차 어렵다는 말을 들었다. 이곳은 도심에서 가깝기는 하지만 인적이 드문 곳이라 종종 시체 유기 사건이 일어났다. 얼마 전에도 벌거벗은 여자의 시체가 떠올라 소읍이 발칵 뒤집어졌다. 그때도 형사가 찾아와 간단한 조사를 하고 돌아간 적이 있었다.

권 집사는 하늘 농원 근처라고 덧붙였다. 그곳은 어머니가 아직 몸을 움직일 수 있을 때 소일 삼아 일하던 곳이었다. 가끔 찾아가면, 채밀 복장을 한 어머니가 윙윙거리는 벌들 사이에서 희미하게 웃곤 했다. 그곳은 넓은 습지와 숲이 만나는 곳이라 꽤 한적했다. 얼마 전 그곳을 지나친 적이 있었다. 대문은 안쪽으로 굳게 잠겼고 양봉, 불로초, 상황버섯 직매라고 쓰인 낡은 현수막이 바람에 펄럭였다. 문 안쪽의 뜰은 조용했고 주위에는 나무와 풀이 무성했다. 허름하게 친 철책 사이로는 개와 고양이들이 들락거렸다. 버려진 문짝 하나가 눈에 띄었다. 저수지와 개천이 만나는 넓은 늪지대 부근, 풀이 무성하게 자란 톱 위였다. 철제 손잡이가 달린 목재 재질의 문짝은 비교적 온전한 모습이었다. 손잡이는 햇빛을 수신하듯 반짝였다. 문의 상단에는 전화번호와 함께 '하늘 농원'이라는 상호가 적힌 푯말이 붙어 있었다. 그때서야 농원이 폐쇄되었다는 사실을 알게 되었다.

나는 주머니에서 봉투 하나를 꺼냈다. 아직 한 달은 안 된 듯한데? 권 집사는 의아한 표정을 지으며 봉투를 주머니에 넣었다.

— 노인네, 얼른 하나님 곁으로 가셔야지, 아들 그만 좀 고생시키고.

권 집사의 말에 어머니는 가만히 눈을 감았다. 권 집사는 어머니와 함께 교회에 다니던 동갑의 지인이었다. 처음에 문병 삼아 오더니 어머니가 아예 운신할 수 없게 되었을 때부터는 간병인을 자처했다. 어머니는 내게 몸을 맡기는 것을 완강히 거부했다. 물이나 죽 정도나 받아먹을 뿐이었다. 변 때문에 방 안에 냄새가 진동해도 권 집사가 올 때까지 기다렸다. 사지를 움직일 수 없고 혀도 굳어서 정상적인 의사소통은 불가능했다. 혀 기능을 완전히 잃은 이후론 소리의 강약과 눈 깜박임으로 자신의 의사를 표시했다. 이미 숨조차 제대로 쉴 수 없을 정도로 몸이 굳었지만 정신만은 온전했다.

— 자네도 오죽이나 답답할까.

권 집사는 목에 뚫린 튜브에서 가래를 빼내며

말했다. 그러고는 깨끗한 손수건으로 입 주위와 이
빨을 닦았다.

─ 라. 리. 루. 레. 로, 파. 피. 푸. 페. 포.

권 집사는 어머니에게 채근하듯 속삭였다. 라리
루레로 할 때는 혀가, 파피푸페포 할 때는 입술이
움직이리라. 어머니는 애써 그 음들을 발음해 보려
고 했지만 나오는 건 짐승이나 내뱉는 신음소리였
다. 발음의 명확도에 따라 병의 진행 정도를 알 수
있는 음절이었다. 아직 말을 할 수 있었을 때, 어머
니는 밥을 짓다가도 티브이를 보다가도 빨래를 하
다가도 그 음절들을 버릇처럼 외웠다. 혀가 굳는
것을 늦춰 주는 일종의 운동 치료이기도 했다. 병
세가 짙어질 무렵, 그 발음은 방전 직전의 배터리
처럼 힘이 빠졌고 늘어진 테이프처럼 불분명해졌
다. 소뇌위축증. 서서히 몸이 돌처럼 굳어 가는 유
전 질환이었다. 어머니의 아버지가, 그 아버지의 어
머니가 그 병을 앓다 죽었다. 발달된 재활치료 덕
분에 병세의 속도는 어느 정도 늦출 수는 있었지
만 완치는 불가능했다. 하지만 의식과 오감은 마지
막 순간까지 정상을 유지했다. 내가 고등학교에 들
어가던 해에 발병했으니 꼭 20년이 되었다. 라리루

레로 파피푸페포, 내게는 그 음들이 서서히 침몰해 가는 배의 SOS 신호처럼 들렸다. 몸속에 완전히 갇히기 전에 영혼만큼은 꺼내 달라는 간절한 신호.

권 집사는 인공호흡기 튜브를 산소통에 연결해 어머니 입에 갖다 대었다. 산소 노즐 소리가 방 안을 가득 메웠다.

—회사를 그만두기로 했습니다.

권 집사가 가방을 들고 일어날 즈음 내가 말했다. 그간 미뤄 둔 말이었다. 권 집사의 눈동자가 흔들렸다.

—내일부터는 안 오셔도 됩니다.

어머니가 옆에서 예의 짐승 같은 목소리를 냈다. 싫다는 의미였다. 네게는 밑을 보이고 싶지 않다, 차라리 죽여 달라, 그런 의미였다. 걱정 말아요, 전문 시설에 맡겨 드릴 테니까. 나는 신경질적으로 말했다. 돈도 돈이겠지만, 엄마가…… 권 집사는 말을 흐렸다. 현관까지 권 집사를 배웅하고 안방으로 돌아왔다. 어머니는 눈을 감은 채 울고 있었다. 안방의 불을 껐다. 저녁의 푸른 기운이 방안으로 쏟아져 들어왔다. 나는 어머니 옆에 앉아 조용히 속삭였다.

― 내게도 구마비(球痲痹)가 오고 있어요.

사람들이 눈치채기 전에 회사를 그만두기로 했다고 덧붙였다. 어머니는 더 이상 흐느끼지 않았다. 주기적으로 기차 소리가 들려왔다. 먼 소리였다가 가까워지곤 다시 멀어졌다. 어느 방향에서 와서 어느 방향으로 향하는 건지 알 수 없었다. 다만 저수지를 둘러싸고 있는 야트막한 언덕 너머에서 들려오는 것이라 알 수 있을 뿐이었다. 내 안에서인지, 내 밖에서인지 아득하게 일었던 떨림이 어느새 육중한 마찰음이 되어 저녁의 고요를 쓸고 갔다.

3

일찌감치 누워 잠을 청했지만 도무지 잠을 이룰 수가 없었다. 침대 머리맡의 노즐에서는 쉼 없이 산소가 뿜어져 나오고 있었다. 고산증을 예방하기 위한 이 열차만의 특별한 장치였다. 그것은 어머니의 마지막 모습을 상기시켰다. 온몸이 경화된 채 가정용 인공호흡기에 의존하던 모습. 산소 밸브를 잠그자 세상의 끝에 이른 양 휘감아 오던 적막.

나는 자리에서 일어나 다시 테이블을 향하여 앉았다. 벽에 등을 기댄 채 책을 보고 있던 노인이 돋보기 너머 나를 바라보았다.

— 아 유 코리안?

노인이 테이블 위에 놓여 있던 티벳 여행 책자를 힐끔거리며 말했다. 나는 고개를 끄덕였다. 책자 표지에는 큼지막하게 한글 제목이 인쇄되어 있었다. 아무리 한류가 세계에 퍼지고 있다지만 지구 반대편의 팔순 노인이 한글 모양까지 알고 있다는 것이 신기하기는 했다. 하지만 더 이상의 호기심은 발동하지 않았다. 노인이 눈빛을 빛내는 게, 뭔가 말을 붙여 보려는 수작 같았다. 눈동자에는 노인답지 않은 생기가 서려 있었다. 저 나이 즈음이라면 파리 떼처럼 달려드는 죽음을 간신히 몰아내고 있는 모습이어야 하지 않은가. 자신의 추악한 육체에 아직도 목숨이 깃들어 있다는 사실에 경악해야 할 나이이지 않은가. 나는 알 수 없는 적의마저 느꼈다. 내가 창밖으로 고개를 돌리자, 노인은 더 이상 말을 걸어오지 않았다.

창밖으론 황막한 초원과 그 초원 위를 거니는 야크와 영양의 무리, 가끔 보이는 형형색색의 천이 휘날리는 카르쵸, 길 위의 순례자 등 전형적인 티베트의 풍경이 끊임없이 펼쳐졌다. 옆 칸에서 와, 하고 환호성이 들려왔다. 창밖으로 그 길이가 70킬로미터에 이른다는 거대한 나초 호수가 모습을 드러냈기 때문이다. 호수 너머, 만년설의 쿤룬산맥도 장관이었다. 그 풍경은 그간의 지루함을 한꺼번에 날려 줄 만큼 극적이었다. 티베트 특유의 강렬한 햇빛 덕분에 나초 호수의 푸른색과 쿤룬산맥의 흰색이 더욱 선명한 대비를 이루고 있었다. 그간의 헐벗고 메마른 티베트의 풍경과는 사뭇 달랐다. 한계 고도 때문에 보기 어려웠던 나무가 호수 주위로 울창하게 자랐고 11월의 겨울 초입인데도 제법 푸른 밭이 펼쳐졌다. 노인도 창밖을 보자마자 감탄을 연발하며 사진을 찍었다. 목화밭과 나초 호수의 풍경이 끝나 가고 있을 즈음 또다시 욱신욱신 통증이 몰려왔다. 마치 신경이 금속성 물질로 변해 뚝뚝 끊어지는 느낌이었다. 노인이 사진을 찍어 준다며 포즈를 취해 달라고 채근했지만 나는 귀찮다는 표정을 지으며 자리에서 일어났다. 승무원실에 가 진통제와 수면제를 부탁할 생각이었다.

　— 없습니다!

승무원은 고개조차 돌리지 않은 채 영어로 말했다. 20대 중반이나 됐을까, 짧은 머리의 남자 승무원이었다. 수면제는 그렇다 쳐도 진통제는 최소한의 상비약이 아니냐, 어떻게 이런 장거리 열차에 승객을 위한 기본적인 약품도 비치하지 않느냐, 그럼 도중에 아픈 사람은 마냥 참아야만 하는 것이냐, 라고 따져 물었다.

ー그런 건 개인이 해결해야 할 문젭니다. 당신한 사람 때문에 열차가 멈출 수는 없으니까요!

녀석은 내 마지막 말만을 가로채서 대답했다. 나는 더 대꾸하려다 말았다. 녀석의 말이 무슨 삶의 잠언처럼 들려왔기 때문이었다. 그래 열차는 그냥 무정하게 달릴 뿐이다. 나 같은 치통 환자 따위로 이 열차의 여정에 변화가 있을 리 없을 것이다. 나는 턱을 손으로 괸 채 객실로 돌아와 다시 잠을 청했다.

4

서류 박스를 들고 미카9의 객실로 향했다. 회사

동료들과 작별 인사를 나눈 뒤였다. 오늘이 정식 퇴사일이었다. 오후의 햇살이 반대편 창가 좌석까지 잠식하고 있을 즈음이었다. 비록 수위가 형편없이 줄긴 했지만 객실에서 바라보는 저수지의 모습은 여전히 아름다웠다. 창을 열어 놓은 채 나는 저수지께에서 불어오는 바람을 맞았다. 조금만 있으면 노을이 질 거였다. 오늘같이 맑은 날이면, 건너편 야산 너머로 긴 사이렌을 울리듯 붉은 빛이 저수지 위로 넓게 퍼지곤 했다. 이 지역은 철도공사의 주요 사업체와 교육시설이 몰려 있었다. 차량과 물류기지, 철도연구원과 인력개발원, 최근엔 교통대학교로 이름을 바꾼 철도대학도 나란히 붙어 있었다. 저수지를 낀 생태공원도 들어섰다. 디젤 기관사로 일하다가 철도박물관으로 자리를 옮긴지는 5년 정도 되었다. KTX 기관사 승진을 앞두고 손발 떨림 증상이 온 것이다. 다른 사람들보다 이른 발병이었다. 구마비 증상이 오기까지는 불과 6년의 시간이 걸렸다.

처음 이곳에 왔을 때, 박물관 뜰은 멈춰 있는 기관차들로 가득했다. 일제 통치기에 이 땅을 달렸던 히카리, 노조미 같은 증기 기관차부터 전쟁을 거처, 산업화 시기에 운행되었던 통일호와 무궁화 열차를 비롯해 최근의 새마을호와 KTX까지. 연료를 채우면 금방이라도 움직일 듯 박진한 모습을 띤 것도 있었지만 대부분은 세월의 흔적이 고스란히 남은 것들이었다. 마치 공룡 화석을 전시하는 자연사 박물관에 온 듯했다. 각기 활약했던 시기, 개발에서 개량, 갑작스런 퇴역 등의 설명은 공룡의 탄생과 진화, 멸종을 떠올리게 했다. 철마는 달리고 싶다, 라는 표어로 유명한 휴전선 인근, 형해만 남은 기체의 모습은 시간의 장막 속에 갇힌 채 더 단단하게 굳어 가는, 어쩌면 정말 기차의 화석인지도 몰랐다.

소희가 아주 떠나기 전, 이 객차 안에서 함께 노을을 본 적이 있었다. 소희를 떠올리면 검은 원피스 차림에 망토를 걸친, 입술을 조그맣게 벌린 채서 있던 소녀의 모습이 어른거렸다. 낙담과 호기심이 교차하는 눈빛도 생생하게 살아났다. 처음 소희의 손을 잡고 아버지가 집에 들어섰을 때, 나는 그 아이보다는 아버지가 들고 있는 기차에 더 관심이 있었다. 여동생이 새로 생겼다고, 이제 우리가 보살펴야 한다고 아버지가 말했지만 나는 모른 척했다.

거실 가득 레일이 깔려 있었다. 그 레일 위에 새로
사 온 기차를 얹었다. 'C6248'이라는 하얀색 글씨
아래 붉은색의 '999'표지가 붙어 있었다. 은하철
도 999였다. 무선 조종기의 스위치를 켜면 기차는
레일 위를 달렸다. 스위치를 내리면 모든 움직임이
멈췄다. 신기한 듯 소희가 다가와 달리던 기차를
집어 들었다. 나는 기차를 빼앗고는 소희를 힘껏
밀었다. 꽃봉오리 터지듯 붉은 입술이 커지며 소희
는 울음을 터뜨렸다.

　결혼 전, 소희가 집을 찾았다. 미안해요, 소희가
어머니의 손을 잡자 어머니의 눈은 마구 흔들리고
있었다. 오지 마라, 내 아들을 만나지 마라, 어머니
는 눈으로 그렇게 말하고 있었다. 저 미국으로 아
주 가요, 붉은 입술을 꾹 다문 소희는 어머니의 손
을 이불 속에 넣어 주고는 뒤돌아섰다. 집 대문까
지 나간 소희는 뒷짐을 진 채 뒤돌아섰다. 내가 일
하는 철도박물관에 가 보고 싶다고 말했다.

　―어렸을 때, 오빠가 좋아하던 열차 아니야?

　소희가 박물관 뜰의 한쪽 켠에서 전시되고 있던
미카9를 가리켰다. 기관차와 객실 한 량으로 된 일
제시대의 증기기관차였다. 40년대 가와사키 제작소

에서 만든 열차로 은하철도 999의 실제 모델인 C62
와 흡사한 모델로 알려져 있다. 객실은 쇠사슬로 잠
겨 있었다. 나는 경비원에게 열쇠를 빌려 객실 문
을 열었다. 서늘한 공기와 함께 오래된 나무 냄새가
풍겨 왔다. 객실의 내장은 물론 좌석까지도 나무로
되어 있었다. 우리는 창가에 나란히 앉았다.

— 은하철도 999는 '마지막 귀부인'이라는 별명
의 SL-C62와 구식 증기기관차 C6248을 모델로 했
어. 시속 3000우주킬로미터, 200만 코스모 마력을
자랑하고 동력 기관은 초자원 기관 보일러, 중량은
210톤이나 되지.

나는 10대 시절로 돌아간 듯 지껄여 댔다. 우주
를 횡단하는 열차라니 지금 생각해도 설레. 소희가
들뜬 목소리로 말했다.

— 근데 티베트에는 하늘열차라는 것이 있다던
데, 정말 하늘까지 가는 걸까?

소희는 자신이 말해 놓고도 실없다는 듯이 엷은
웃음을 흘렸다. 나도 가볍게 웃어 주었다.

— 고마워.

소희가 갑자기 내 손을 잡으며 말했다.

— 뭐가?

— 가족으로 남아 준 것.

나는 천천히 고개를 끄덕였다. 몸 속 어딘가 '경
화'되는 소리가 들리는 것만 같았다.

— 언제 돌아와?

— 글쎄, 저 호수가 마를 즘?

내가 묻자 소희가 대답했다. 돌아오지 않겠다는
말처럼 들렸다. 잠시 침묵이 흘렀다. 소희는 내 어
깨에 가만히 머리를 기대어 왔다. 나는 창밖으로
고개를 돌렸다. 붉은 노을이 지고 있었다. 그 노을
보다 더 붉었던 입술 때문에 가슴이 뛰었던 때가
기억났다. 소희는 어머니에게 혼이 날 때면 건넌방
장롱 속에 들어가 있었다. 어느 날, 학교에서 돌아
왔을 때 괴괴한 적막감에 못 이겨, 장롱 문을 열어
보았다. 소희는 눈물이 마른 채, 붉은 입술을 실룩
이며 잠들어 있었다. 나는 기차 한 량을 소희의 손
에 쥐어 주고 문을 닫았다.

소희가 라리루레로, 하고 뜸을 들이자 내가 파
피푸페포, 라고 말했다. 라리루레로, 파피푸페포,
라리루레로, 파피푸페포. 소희의 웃음소리가 저수
지의 햇살처럼 퍼져나갔다.

5

잠을 청했지만 통증이 잇몸은 물론이고 머릿속을 무참히 헤집었다. 안 되겠다 싶어 자리를 박차고 일어났다. 찬물로 세수를 하면 좀 나아질 듯도 싶었다. 옆 침대의 노인은 어디론가 사라지고 없었다. 객실을 나와 세면대로 향했다. 물은 막 얼음장에서 길어 온 듯 차가웠지만 물줄기는 형편없이 가늘었다. 두 손으로 물을 모아 입안을 헹구었다. 차가운 기운이 신경 깊은 곳까지 전달되는 듯 지독한 통증이 몰려왔다. 거울을 보자 얼굴 반쪽이 눈에 띄게 부어 있었다.

저녁 시간이 지났는데도 식당 칸은 만원이었다. 통증 탓에 점심을 굶은 터였다. 중간 테이블 즈음에 노인이 보였다. 중국인인 듯한 옆 사람과 넉살 좋게 떠들면서 음식을 먹고 있었다. 막 돌아서려는데 노인이 손을 흔들었다. 노인은 손짓과 눈짓으로 합석하자는 시늉을 했다. 마침 노인의 앞 좌석은 비어 있었다. 나는 승무원에게 주문을 한 다음 노인과 마주 앉았다.

— 자네, 어디 불편한가?

옆자리의 중국인과 이야기를 마친 노인이 내게 말을 걸었다. 노인은 중국어도 꽤 능숙한 편이었다.

— 치통이 있습니다.

나는 부어오른 왼쪽 턱을 가리키며 말했다.

— 오오, 이런, 그 정도면 진통제도 말을 안 들을 걸? 나한테 특효약이 있지.

노인은 외투 깊숙한 곳에서 뭔가를 꺼내 보였다. 흰 알약이었다.

— 이게 뭡니까?

— 열 시간 정도는 천상으로 보내 줄 거네.

— 마약인가요?

— 오호, 조용해 주게. 여기는 사회주의 공화국, 중국이니까.

노인은 입술에 손가락을 댄 채 작은 목소리로 말했다. 나는 노인에게서 받은 알약을 물 없이 삼켜 버렸다. 마침 주문한 음식이 나왔다.

— 한글은 어떻게 알았습니까?

고맙다는 말 대신 나온 말이 고작 그거였다.

— 음, 내가 강단에 있을 때, 몇 번 서울에 들른 적이 있지. 정말 놀랍더군. 여기 저기 온통 한글 간판. 그 문양이 아주 독특했어. 난 한국하면 그게

먼저 떠올라.

노인이 손을 들어 놀랍다는 제스처를 취했다. 언뜻 보이는, 거친 손등의 정맥은 라싸의 공가 공항 상공에서 보았던 알룽창포 강을 연상시켰다.

— 어디까지 갑니까, 베이징입니까?

나는 화제를 바꿔 물었다.

— 아니, 나는 서녕을 거쳐 울란바토르로 간다네.

잠시 뜸을 들인 노인은 소네트를 읊듯 대답했다. 자음을 딱딱 끊으며 모음을 애써 덧붙이면서 이어 가는 노인의 어투는 영어라기보다는 독일어처럼 들렸다.

— 울란바토르? 몽골을 말씀하시는 겁니까?

나는 몽골의 울란바토르로 간다는 말이 믿어지지 않아 다시 되물었다. 고원지대라서 숨쉬기조차 힘들었던 티베트도 모자라 지금은 영하 30도를 오르내린다는 동토(凍土)의 나라 몽골로 간다는 것이다.

— 그 추운 몽골에는 왜 가는 겁니까?

나는 따지듯 물었다.

— 죽을 자리를 찾으러.

노인은 눈썹을 위아래로 움직이며 입꼬리를 올렸다. 갑자기 부아가 솟았다. 왠지 농락당하는 느

낌이었다. 알쏭달쏭하면서도 뭔가 그럴 듯한 말로
젊은이를 현혹하려는 늙은이의 얄팍한 술수 같았
다. 어쩌면 이 늙은 히피는 길 위의 죽음이라는 다
소 시적인 죽음을 원하고 있는지 몰랐다. 자기의
마지막 삶을 멋지게 장식하려는 허영에 기인한. 분
명 노인의 아내는 괴팍한 남편의 성격에 시달린 나
머지 먼저 세상을 떴을 것이고 자식들은 일찌감치
아비를 버렸을 것이다. 그러니 홀로 죽을 자리를
찾으러 갈 수밖에.

　―죽는다는 말을 참 쉽게 하시는군요.

　나는 비아냥거리는 투로 말했다.

　―삶과 죽음이란 건 말야, 문을 열고 들어가는
것과 문을 닫고 나오는 것의 차이에 불과한 거라네.

　노인은 전혀 주눅 들지 않고 말을 이었다. 나는
피식 웃으며 앞에 놓인 밥공기를 들었다.

　―그건 그렇고, 자네는?

　내 행선지를 묻고 있는 듯했다. 이제 베이징을
거쳐 한국으로 돌아갈 일밖에 남지 않았다. 그러나
떠나올 때는 마지막이라는 생각을 하고 왔다. 무엇
이 마지막인지 알지도 못한 채 무작정 바다를 건너
왔다.

— 글쎄요, 아마도 저기?

나는 집게손가락으로 천장을 가리켰다. 그러곤 권총 모양을 만들어 내 관자놀이에 갖다 댔다.

— 오, 그 총구는 제발이지 이쪽을 향해 주게. 죽음이야말로 진정한 안식.

노인은 가슴에 손을 얹고 눈을 감은 채로 말했다. 눈을 뜬 노인이 껄껄대고 웃었다. 노인은 생각났다는 듯이 거울이 박힌 팬던트를 벗어서 일자로 들어 올렸다.

— 요게 자네에게 답을 줄 거네.

거울이 왼쪽으로 돌면 죽음이고, 오른쪽이면 삶이라고 했다. 구슬을 앞에 둔 샤먼처럼 노인의 얼굴에는 귀기가 서렸다. 목걸이가 서서히 움직이기 시작했다. 거울에 내 눈이 비쳤다. 하나였던 눈은 두 개가 되고 두 개가 세 개가 되더니 주위가 온통 눈으로 가득했다. 주위의 경계가 희미해지면서 정신도 몽롱해졌다. 음식을 씹으면서도 통증을 느끼지 못했다. 약기운이 올라오고 있는 거였다.

6

흰 눈송이 같은 설악꽃이 만발했다. 농원은 저수지 인근에서도 가장 외진 곳이었고 가장 깊은 물에 연해 있었다. 찢겨진 비닐하우스 너머 허리를 구부린 채 버섯을 살피는 어머니의 실루엣이 보일 것만 같았다. 권 집사가 일을 그만두고 얼마 되지 않아, 어머니는 세상을 떠났다. 숨지기 일주일 전부터는 짐승 같은 소리조차 내지 못했다. 눈동자는 깊은 어둠 속에 잠겨 있었다. 나는 처음으로 내 손으로 어머니의 기저귀를 갈았다. 어머니의 눈가에서 맑은 눈물이 흘러내렸다.

장의사에게서 건네받은, 편백나무로 된 유골함은 거의 무게감을 느끼지 못했다. 마지막 예배를 볼 때, 권 집사와 눈이 마주쳤다. 그녀의 눈은 의혹으로 가득차 있었다. 그렇지 않아도 비어 있어야 할 산소통에 산소가 반 이상 남아 있다는 사실을 알고 있던 터였다. 걱정 마세요. 저도 곧 부름을 받을 테니까요. 내가 말하자 권 집사는 입을 굳게 다물었다.

저수지에 맞닿아 있는 둑 위에는 버드나무 하나

가 서 있었다. 그 아래 나무 의자가 있었다. 앞으로
는 폴리스 라인이 쳐져 있었다. 수사는 오리무중이
었다. 아직도 시체의 신원조차 파악이 안 되는 모
양이었다. 둑 아래 펼쳐진 저수지는 황막한 사막과
같았다. 유골을 뿌릴 만한 물이 남아있지 않았다.
문득, 저수지 물이 마르면 돌아온다던 소희의 농
담이 떠올랐다. 나는 유골함을 들고 거북 등껍질처
럼 갈라진 바닥으로 내려섰다. 푸석, 먼지가 피어
올랐지만, 아직 그 아래에는 물을 품고 있는지 푹
신한 느낌이었다. 군데군데 뼈만 남은 물고기가 뒹
굴고 잡초가 자랐다. 습지가 있던 곳으로 향했다.
그쪽은 여전히 풀이 무성했다. 하늘 농원이라는 표
지가 붙은 문은 아직 그 자리에 있었다. 다가가 문
을 젖혀 올리자, 흰색의 고운 흙이 드러났다. 현기
증이 날 정도로 온통 초록 일색인 주변과는 확연
히 차이가 났다. 태풍의 눈과 같은 적요가 고여 있
었다. 마치 다른 세계와 이어진 비밀 통로의 문을
연 듯한 느낌이었다.

　나는 그 위에 앉아 몸을 뉘였다. 직사각형의 공
간은 관 속에 들어와 있는 듯 아늑했다. 웃자란 풀
들이 시원한 그늘을 만들었다. 먼 곳에서 기차가

지나가는 소리가 들렸다. 기차 소리는 저수지를 건너 풀숲을 거치는 동안 바람 소리에 가깝게 부드러워졌다. 안녕, 나는 네 소년 시절의 꿈에 있는 환영일 뿐이야. 기차 소리가 멀어지자 어디선가 소희의 목소리가 스쳐갔다. 여행 내내 베일에 싸여 있던 메텔이 기계 인간이 되려다 포기한 데쓰오에게 남긴 마지막 말이었다.

얼마나 지났을까, 한낮의 열기는 사라지고 검은 구름이 해를 가렸다. 얼굴이 쩌릿쩌릿했다. 빗방울이었다. 고개를 옆으로 돌려 보니, 빗방울이 떨어질 때마다 모래 위에 툭툭 꽃 같은 문양이 피어올랐다. 나는 일어나 그곳에 어머니의 유분을 뿌렸다. 모래와 거의 구분되지 않는 색깔이었다. 문을 제자리에 놓았다. 그 위에 돌을 가져와 얹었다. 비가 쏟아지기 시작했다. 나는 둑 위에 올라, 문이 물속에 완전히 잠길 때까지 서 있었다.

7

밤새 나는 육체를 벗어 둔 채 고원 위를 날아다

넜다. 고원의 공기는 한없이 투명했고 내 영혼은 공기보다도 가벼웠다. 내 육체는 노인에게 하염없이 뭔가를 중얼거리고 있었다. 가끔은 영어로, 영어가 안 될 때는 한국어로 말했다. 술 취한 사람처럼 눈이 풀린 채, 한없이 늘어지는 발음으로. 그런 육체를 두고 그대로 멀리 달아나 버리고 싶었다. 그런데 나를 붙든 것은, 지독한 통증이었다. 노인이 준 알약의 약효가 끝나 가는 거였다.

정신이 들자 고여 있던 눈물이 주르륵 흘러내렸다. 온몸은 땀으로 흠뻑 젖었다. 심한 오한마저 들었다. 생살을 찢고 오르는 듯 입안이 염증과 피비린내로 가득했다. 창밖은 완전한 어둠에 잠겼다. 흔한 민가나 차량의 불빛조차 보이지 않았다. 다만 하늘에는 무수한 별들이 밝고 크게 빛났다. 손목시계를 보니 5시가 넘었다. 한국 시간으로는 6시 정도가 될 것이다. 산소를 공급하는 노즐은 더 이상 작동하지 않았다. 고원을 벗어난 듯했다. 몸을 일으켜 세면대로 향했다. 복도에는 나처럼 잠을 못 이루는 몇몇 사람들이 나와 창밖을 멍하게 응시하고 있었다. 한쪽 편에서는 아직 10대의 티를 벗어나지 못한 듯한 티벳 승려 둘이 이야기를 나눴다.

가끔 웃기도 하며 서로의 팔을 치기도 했다. 천진한 웃음과 거리낄 것 없는 몸짓이었다.

복도를 나와 세면대 앞에 섰다. 물은 여전히 차가웠다. 두 손으로 물을 받아 얼굴을 씻었다. 냉기가 온몸에 퍼지는 듯, 아랫도리까지 소름이 돋아 왔다. 다시 두 손으로 물을 모아 입안을 헹구어 냈다. 차가운 기운이 염증 난 곳을 찔렀다. 잇몸의 통증이 계속될수록 신기하게도 머릿속은 더욱 투명해졌다. 고개를 들어 거울 속에 비친 내 모습을 바라보았다. 잔뜩 찡그린 얼굴을 하고 있었다. 신기했다. 얼굴 한쪽 근육의 마비 증세가 사라진 것이다. 그러고 보니 치통이 시작된 이후로 손발 떨림 현상도 거의 없었다.

곧 서녕에 도착한다는 내용의 안내 방송이 중국어, 티베트어, 영어 순으로 흘러나오고 있었다. 창밖 지평선 가운데로 붉은 해가 솟아올랐다. 노인이 내려야 할 곳이었다. 이제 고작 반을 온 것이다. 치통과 꼬박 하루를 더 싸워야 했다. 객실로 들어가 보니 노인이 이미 옷을 차려 입고 앉아 있었다. 나는 침대 밑에 있는 노인의 캐리어를 꺼내 주었다. 노인은 탱큐, 라고 장난기 넘치는 목소리로 인사를 했다. 그리곤 캐리어에서 뭔가를 꺼내 내게 건넸다. 돌로 된 조각품 같은 것이었다. 매끄러운 표면에는 적지 않게 손때가 묻어 있었다.

내가 고개를 갸우뚱하자 노인이 '화석'이라고 말했다. 노인은 고생물학자였다. 50여 년 전 스웨덴 탐사대의 일원으로 티베트와 몽골 일대의 공룡 화석을 최초로 탐사하기도 했다고 말했다. 캐리어 안에는 비늘이나 발톱 같은 작은 화석 조각들이 들어 있었다. 내게 건넨 것은 육식공룡의 일종인 벨롭키라토르의 비늘 화석이라고 했다.

— 자네를 수호해 줄 부적 같은 거라고 해 두세.

노인이 말했다. 시간의 뼈이자 영혼이 깃든 돌이라고 했다. 돌은 온기를 품고 있었다. 나는 사막의 한가운데에서 모래에 묻혀 천천히 돌이 되어 가는 노인의 모습을 상상했다. 그 모습은 화염 속에서 미소를 지으며 죽어 가는 등신불과도 닮아 있을 것만 같았다. 기차의 속도가 서서히 줄어들고 있었다. 노인이 일어나자 팬던트가 반짝거렸다. 어제 식당에서의 일이 떠올랐다. 멈춰 있던 팬던트가 천천히 오른쪽으로 돌기 시작하던 모습. 마침 승무원이 들어와 짐을 들었다. 노인이 승무원의 뒤를 따라 나섰다. 복도까지 배웅하며 작별 인사를 건넸다. 플랫폼에 내린 노인이 잠깐 뒤돌아 손을 흔들었다.

기차가 천천히 움직이자 창밖으로 아침 햇살이 비쳐 오기 시작했다. 노인의 뒷모습이 보였다. 노인은 플랫폼을 나가지 않은 채로 그 자리에 우두커니 서 있었다. 노인의 시선이 먼 하늘에 닿았다. 사람들이 거의 빠져나가자 노인은 비로소 출구 쪽으로 천천히 걷기 시작했다. 캐리어가 노인의 손에 이끌려 움직였다. 그 속에는 수억 년 과거의 시간이 봉인되어 있을 것이다. 어떤 우주 무한의 영혼을 담은 채로.

서서히 창밖의 풍경이 지나갔다. 내가 손짓했지만 노인은 알아채지 못했다. 입안에서 잊고 있던 독한 통증이 몰려왔다. 나는 왼쪽 턱을 감싼 채로 나지막이 중얼거려 보았다. 라리루레로 파피푸페포. 그 소리는 어린아이의 옹알이 같기도 하고 새의 휘파람 소리 같기도 했다.

20대 초반 남도 여행을 떠난 적이 있었다. 5월 연휴를 틈 탄 홀로 여행이었다. 강진 다산초당에 들렸다가 문득 다산 선생이 백련사의 초의선사를 만나러 다녔다는 숲길이 생각났다. 두 사람의 우정을 이어 주던 길을 직접 걷고 싶은 마음이 동했다. 숲으로 난 오솔길이 보였으므로 나는 무작정 그 길로 들어섰다. 갈수록 나무는 우거지고 산이 깊어졌다. 끊길 듯 말 듯 위태롭게 이어지던 길은 한 지점에 이르러서 세 갈래로 나뉘어졌다. 고민 끝에 나는 길 하나를 택했다. 그 길은 백련사와 전혀 무관한 곳으로 나를 이끌 수도 있었다. 그러나 20대 특유의 무모함이 내 발걸음을 재촉했다. 한 시간여를 걸었을까? 때 이른 더위 탓에 몸은 땀범벅이 되

었다. 목이 말라 왔다. 숲 어디선가 들썩이는 소리
를 들을 때마다 무섬증이 일었다. 어쩌면 산짐승에
게 쫓기는 신세가 될지도 모를 노릇이었다. 낭패감
과 갈증이 극에 달할 즈음 어디선가 확성기에 실린
독경 소리가 들려왔다. 백련사에서 들려오는 거였
다. 마침 그날은 연휴 기간에 끼어 있던 부처님 오
신 날이었다. 목적지에 제대로 도착했다는 안도감
이 타는 듯한 갈증을 잊게 해 줄 정도였다. 거의 잊
힐 뻔했던 그날의 기억이 다시 생생하게 떠오른 것
은 최근 당나라 시인 왕유(王維)가 지은 과향적사
(過香積寺)라는 작품을 접하고 나서였다.

　　不知香積寺　향적사가 어디 있는지 알지 못한 채
　　數里入雲峰　몇 리나 더 깊이 구름 낀 산속으로
　　　　　　　　들어갔네
　　古木無人徑　마른 나무들뿐 인적조차 없는데
　　深山何處鐘　깊은 산 어디선가 종소리 들려오네

　향적사를 백련사, 종소리를 독경 소리로 바꿔
놓는다면 내 경험과 놀랄 만치 비슷한 내용이었
다. 푯말이나 지도가 없는 길의 막막함, 홀로 걸어

야 하는 외로움, 의심과 주저, 다른 길에 대한 미련, 그러나 그만 포기하고 싶은 순간 어깨를 두드리는 그 무엇. 그것은 작가라면 누구나 겪었음 직한 삶의 노정과도 닮아 있다. 한때, 등단이 '향적사'라 생각했던 적이 있었다. 그런 생각이 가당치도 않다는 것을 깨닫는 데에는 오랜 시간이 걸리지 않았다. 발표된 작품에 대한 문단의 응답은 미미했다. 등단하자마자 사라지는 무수한 작가 중의 하나가 될지도 모른다는 생각으로 밤새 몸을 뒤척이기도 했다. 목마름을 견디며 깊은 숲 속을 헤매고 있는 심정은 지금도 여전하다.

지금 생각해 보면, 세 갈래 길 중 어느 쪽을 택했든 백련사에 닿았을 것이다. 다만 짐작컨대, 나는 그중에서 가장 길고 험한 길을 걸은 듯 싶다. 이 책에 실린 대부분의 작품들을 썼던 나의 30대가 그랬다. 길을 잘못 든 것은 아닌지 무수히 뒤돌아봤다. 간혹 샛길로 빠졌다. 중국 대륙을 떠돌기도 하고 돈벌이에 눈이 멀기도 했다. 학위를 따느라 창작 에너지가 소진되기도 했다. 하지만 그 샛길조차 가다 보면 원래의 길로 이어졌다. 그때마다 나는 아연실색했지만 왠지 걸음을 멈출 수는 없었다.

아마도 어느 순간부터는 내 삶에 주어진 모든 길이 '백련사'로 이어져 있음을 어렴풋이 깨닫고 있었는지 모른다.

백련사로 가던 산중의 경험을 늘어놓으면서 한 가지 빠트린 것이 있다. 중간에 약초 캐는 노인을 만난 이야기이다. 낯선 사람이 반가울 수도 있음을 나는 그때 처음 알았다. 이 길이 백련사 가는 쪽이 맞느냐고 물었고 노인은 고개를 끄덕이며 길 저편을 가리켰다. 노인은 어쩌면 설화나 동화 속 머리 하얀 현자와 같은 존재였는지도 몰랐다. 아마 노인을 만나지 않았더라면 나는 오던 길을 되돌아갔을 것이다. 한참을 더 걸어야 했던 탓에 가끔 노인의 말을 의심하기는 했지만 결국 무사히 백련사에 이르렀다. 이 작품집이 바로 그 백련사라 믿는다. 은사님들, 문우들, 무엇보다 아내 윤, 내 삶에 있어서 그들은 그날의 노인과 같은 존재들이다. 덕분에 나는 무사히 작가 세계의 시민권을 획득했으며 언어의 사원 한 귀퉁이에 거처를 마련할 수 있었다. 민음사 편집부와 흔쾌히 해설을 써 준 양윤의 평론가에게도 고마움을 드린다.

폐허의 아데콰티오(adæquátĭo)
— 김개영 소설의 네 가지 불가능성

양윤의(문학평론가)

0 폐허 위에서

잠깐의 위안이나 휴식을 위해 이 책을 집어 든 독자라면 아연실색할지도 모르겠다. 책의 어느 페이지를 펼쳐 봐도 알 수 있듯 이 소설집을 읽는 체험은 그리 편안한 체험이 아니다. 신인 작가 김개영의 세계는 악몽과 비명과 탄식으로 가득 차 있다. 세계가 폐허이므로 인간은 아무 희망이나 계획도 없이 폐허 위를 어슬렁거릴 뿐이다. 그에게 세계에 대한 지식은 차단되어 있고 따라서 인과율, 일직선적인 시간, 합목적성은 토막 나서 아무렇게나,

무목적적으로, 세계의 여기저기에 흩어져 있다. 이 세계는 무한한 무의미, 악무한(惡無限)이다. 인간은 고깃덩이와 구별되지 않는 꿈틀거리는 물질이다. 지식은 운명의 이름으로만 인간에게 주어지며 사건은 사고(accident)의 형식으로만 주어진다. 그럼에도 불구하고 이 세계의 모든 것은 자신의 터전이 되는 현실 세계의 폐허를 복사하고 반영하고 재생산한다는 점에서 서로의 거울이다.(이것이 이 소설집의 제목인 『거울 사원』이 뜻하는 바다.)

라틴어 '아데콰티오(adæquátĭo)'는 부합, 적합, 합치라는 뜻을 갖고 있다. 다시 말해서 폐허로서의 세계는 그 자체로 주체나 타자나 혹은 시간과 서로 부합하거나 경합한다. 요컨대 네 가지 불가능성이 있다. 불가지로서의 지식, 타자와의 불가능한 만남, 불화의 형식으로 이루어지는 조화, 우연의 외양을 띤 필연. 첨언해 둘 것은 이 네 가지 불가능성은 '불가능의 형식으로 주어지는 가능성'이지, '가능하지 않은 것으로서의 불가능성'이 아니라는 점이다. 불가지한 지식은 아무 지식도 주어지지 않는다는 게 아니라 무지로서 주어지는 지식이다. 불가능한 만남은 어떤 만남도 없다는 게 아니라 그 만남이 불가능의 형식으로만 가능하다는 뜻이다. 불화들의 조화란 조화의 부재나 결핍이 아니라 글자 그대로 불화들의 예정조화이고 우연의 필연이란 우연만이 있다는 게 아니라 우연들이 필연적으로 도래한다는 의미다.

1 불가지(不可知)의 지식

이 소설에서 지식은 언제나 알 수 없는 형태로만 주어진다. 물론 앎의 형태로 주어지는 지식이 없지는 않을 것이다. 그러나 그것은 소설의 주인공들에게는 쓸모없는 지식이거나 자신과는 무관한 지식, 예컨대 "행정법 기출문제집"(「뷔통」, 157쪽)이나 "9급 공무원 시험 대비 도서"(「거울 사원」, 36쪽) 같은 것에 불과하다. 그런 책은 이미 "펼치지 않은 지 오래"이며, 고물상에서 수집한 종이 더미와 다르지 않은 "죽은 책"(「거울 사원」, 46쪽)이다. 책이란 고작 바퀴벌레를 죽일 때나 유용한 도구다.[1] 그렇다면 지

---

[1] 그런데 바로 거기서 "틈"이 열린다. 불가지의 지식, 예컨대 "죽음이 탄생의 황홀경을 선사"(「틈」, 128쪽)한다는 역설적 지식은 바로 이 틈을 통해서 '나'에게 주어진다. 틈이란 그런 지식이 제 몸을 열어 계시하는 순간, 불가지의 지식이 불가지의 형태로 주어지는 순간을 말한다.

식은 어디서 주어지는가?

　ㅡ그 온다리 년은 너마저 잡아먹을 게다.

　어머니가 아내를 두고 늘 하는 말이었다. 어머니는 고향에서 이름난 만신이었다. 처음부터 아내와의 결혼을 반대했다. 아내가 '온다리'라는 팔자를 타고 태어났기 때문이라고 했다. 신을 받지 않으면 주위 사람들을 불행하게 만든다는 운명이었다.

　(……)

　신기가 심해지자 어머니는 백방으로 '신줄을 떼 가게' 하는 방술을 찾아다녔다. 해마다 신줄을 누르는 누름 굿을 했고 어미 가까이에 있으면 신기가 발동한다고 아예 고등학교를 서울로 올려 보냈다. 심지어 정신과 치료도 마다하지 않았다. 그러나 신기(神氣)를 떼는 데에는 별로 효과가 없었다. 하나 남은 방술은 내가 의사나 약사가 되는 길이었다.

　ㅡ애야, 망석중이 무당 팔자가 되지 않으려면 너는 꼭 사람 살리는 직업을 가져야 한다.

　누름굿을 받은 이후로 어머니가 입버릇처럼 하던 말이었다. 무당은 사령(死靈)을 대하는 직업이기 때문에 그 기를 누르기 위해서 사람 살리는 직업을 가져야 한다는 것이다.

—「개와 늑대의 시간」, 143∼145쪽

인물들을 사로잡는 지식은 '불가지'의 장소에서, 신(神)에게서 온다. 만신인 어머니는 '나'의 신경증(무병)을 진단하고 처방하였으며 후에 약사가 될 '나'의 미래를 점지(강요)하였다. 어머니는 (훗날의 '나'의) 아내가 주위 사람들을 잡아먹는 운명을 타고난 '온다리'인 것을 알아보았다. 또한 그녀가 무당이 되지 않으면 "신명의 노여움을 사 아들까지 잃게 되리라"는 것을 예견하였다. 이 소설의 도처에 산재한 점집과 신기(神氣)를 지닌 인물과 "아는 소리〔占辭〕"(「관홍국」, 17쪽)들은 바로 이 불가지의 지식을 말하고 있다. 이 지식은 무섭다. 죽어 가는 어머니의 저승문을 열어 주어야 한다(저승으로 어서 보내 주어야 한다)는 만신의 충고를 무시한 아들은 그 대가로 자신의 앞날을 보장해 줄 지도 교수를 사고로 잃는다(「봄의 왈츠」). '온다리'였던 아내 역시 무당의 운명을 거절한 후에, 눈앞에서 사고로 아들을 잃는다.

이 지식의 특징은 무엇인가? 일반적인 지식이

'정보', 즉 공시적인 성격을 가진 앎이라면 이 지식
은 '운명', 즉 시간적으로 실현될/결정되어 있는 앎
이라는 데 있다. 그것은 지금 이 시점에서는 정보
의 형태로 주어지지 않고 증상의 형태로만 주어진
다. '무병'이 바로 그 증상이다. 따라서 불가지의 지
식은 인물의 삶을 예견하는 일종의 징표로 작용한
다. 저들은 우주의 기원이나 세계의 섭리에 대해
어떤 확정적 지식도 갖지 못하지만, 알 수 없는 채
로 알게 되는 모종의 지식이 있는 셈이다. 이 지식
이 인물들을 '구속'한다고 말할 수는 없다. 인물들
은 이 앎에 예외 없이, 반성 없이 순응하기 때문이
다. 다른 선택지는 애초부터 없었으므로 자유의지
와 운명과의 대결도 없다. 따라서 갈등도 없고 구
속도 없다.

   징표는 해석 작용을 필요로 한다. 당연히 그것
의 절차는 '굿'이나 '점'일 테지만 그 방법을 안다고
해서 저 지식이 명징한 앎에 편입되지는 않을 것이
다. 저 지식은 기호가 아니라 실재(the real)이기 때
문이다. 기호는 일종의 상징 작용이다. 기호는 기호
와 (기호를 통해 나타내고자 하는) 대상 사이에서 상
징적 연관을 표시한다. 그러나 불가능한 지식은 그

러한 연관 내지 상징 조작이 불가능하다. 그것이 기호와 대상 사이의 간격 자체를 허락하지 않기 때문이다. 그것은 해석되지 않으면서 단지 주어질 뿐이다. 이 징표가 대개 '어머니'와 결합되어 있는 것도 같은 이유일 것이다. 어머니는 우리에게 알려지지 않은 기원이다. 우리는 누구도 자신이 태어났을 때의 현장으로 돌아갈 수 없다. '나'를 낳았으되 자식이 그것을 인지할 무렵에는 대개의 어머니는 불모의 현실로 쪼그라들어 있을 뿐이다. 생산에서 단절되고, 소외된 어머니는 가지적(可知的)인 현재일 뿐 기원으로 소급되지 않는다. 고로 그 실재의 지식을 소유할 수 없다. 그런데 그 어머니가 만신, 다시 말해 불가지의 지식을 소유한 이라면?

「틈」에서 목격할 수 있는, 어쩌면 이 소설집 전체에서 가장 충격적이고 불편한 장면으로 가 보자. 화장대 앞에서 마스터베이션을 하고 있는 엄마를 목격한 바로 그 순간(「틈」, 124쪽) 말이다. 이 불편한 장면은 단순히 외설적인 엄마를 묘사하고 말았다고 할 것이 아니다. '나'는 지금 '나'가 태어나던 때의 불가능한 틈을, "하얀 이빨"과 "혓바닥"을 내장하고 있는 실재의 틈을, "추악"과 "매혹"을 동시에 가진 ── 그래서 어떤 일관된 기호로 질서화할 수 없는 틈을 보고 있는 것이다. 해부대 위의 어머니(「개와 늑대의 시간」, 149쪽)에 대한 상세한 묘사나 어머니의 무모증(「개와 늑대의 시간」, 132쪽)에 대한 발견 역시 그런 금지된(정확히는 금지의 형식으로 제공된) 불가능한 앎에 속한다. 실재는 우리에게 기호와 상징이라는 매개물을 제거한다. 이 소설 속의 인물들이 보이는 무기력 내지 무의미에는 모종의 이유가 있었던 것이다. 기호는 상징의 문법이다. 문법이 없으니 질서나 원리가 없다. 따라서 이 지식에 대처할 방도가 없다. 매뉴얼도 없고 비상 대처 요령도 없다.

2 불가능한 만남

이 소설집에 실린 대부분의 작품들에는 위장된 1인칭이 등장한다. '그'나 'K' 등이 중심인물이므로 겉으로는 3인칭이지만 서술자는 '그'의 시선으로만 세계를 보고 그의 내면과만 내통하고 소통하므로 실제로는 '그'를 '나'라고 바꾸어도 무방하다. 그렇다면 '나'는 타인을 어떻게 만나는가? 소설에서의

타인이란 세계의 표현형이다. 이 소설집에서 타자
는 어떻게 나타나는가?

> 왜 답이 없죠?
> J의 휴대폰에 다시 문자메시지가 뜬다.
> 이런 거 처음인가 보죠?
> 이러시면 저 바로 이동해요.
> 연달아 메시지를 알리는 짧은 수신음이 울린다. 얼
> 마나 지났을까, J의 휴대폰이 울린다. J는 수신음의
> 수를 센다. 한 번, 두 번, 세 번……. 스무 번 넘게 울
> 리다가 겨우 멎는다.
>
> ──「뷔통」, 190쪽

폐점한 백화점의 야간경비원인 'J'는 내레이터 모
델로 일하던 여자에게 문자를 보내서 만나기로 한
다. 그녀는 대학생이자 콜걸이다. 'J'가 모습을 드
러내지 않자 그녀는 다른 전화를 받고 현장을 떠
난다. 만남의 불가능성은 이 소설에서 중층적이다.
첫째, 'J'는 그녀에게서 연락처를 받은 것이 아니다.
그는 그녀가 맡긴 가방에서 명함을 훔쳤다. 둘째,
둘은 콜걸과 손님으로 접촉했다. 'J'가 무전취식하

는 이전 건물의 경비원인 걸 알았다면 그녀는 나타나지 않았을 것이다. 셋째, 그녀가 나타났으나 'J'는 약속 장소에 나가지도 않았고 그녀의 전화를 받지도 않았다. 넷째, 그가 모습을 보이지 않자 그녀는 "바로 이동"했다.

이것은 「뷔통」의 모든 만남의 성격을 요약한다. 첫째, 타자와 나의 만남은 대개 상호적이지 않다. '나'가 타자를 훔쳐보거나(「뷔통」) 타자가 '나'를 훔쳐본다(「거울 사원」). 둘째, 둘의 만남에는 비정상성이 개재해 있다. 콜걸과 손님(「뷔통」), 장애인과 비장애인(「관홍국」), 접대부의 역할까지 강요받는 남성 웨이터와 게이(「거울 사원」), "구마비"로 죽어 가는 비교적 젊은 이방인과 죽을 곳을 찾아가는 활달한 80대의 이방인(「라리루레로 파피푸페포」), 사고로 아들을 잃은 약국 주인과 곧 아들을 잃게 될 약국 손님(「개와 늑대 사이의 시간」), 아들과 그 아들을 죽이려는/그 아들에게 죽임을 당하는 엄마(「틈」) 등등, 모두 그러하다. 셋째, 만남은 무한히 연기되거나 어긋난다. 「관홍국」의 교차된 서술은 이미 죽은 자('나')와 산 자의 대화인 것처럼 읽힌다. 저승으로 어머니를 떠나보내지 않으면 '나'의 미래의 담보(지도 교수)가 대신 저승으로 간다(「봄의 왈츠」). '그'는 폭행을 당해서 지금은 그곳에 없는 외국인(아자즈)의 휴대폰에서 자신을 스토킹한 흔적/짝사랑한 흔적을 발견한다(「거울 사원」). 넷째, 둘의 엇갈리는 만남마저 순간적이다. 게다가 모든 순간은 돌이킬 수 없는 시간이 흐른 후에야 추억된다.

결국 이 소설집의 인물들은 타자를 만나되 불가능한 방식으로만 만난다. 타자는 거기에 있으나 상호적이지도, 정상적이지도, 올바로 만나지지도 않고 만남이 지속되지도 않는다. 그 앞에서 '나'는 말을 더듬거나(「틈」), 겨우 이렇게 말할 뿐이다. "당신은 그만 가 보겠다고 했어. 나는 당신의 손을 잡았어. 라……아아아……며어어언, 나는 짐승 같은 울부짖음으로 당신에게 라면을 먹고 가라고 했어."(「관흥국」) 섹스 시도가 실패로 돌아간 후, 뇌성마비 환자인 '나'는 온힘을 다해서, "짐승 같은 울부짖음으로" 저 단어를 발음한다. 라면을 먹고 가라는, 영화에도 자주 나오는 진부하지만 절실한 저 제안은 저 실패한 만남을 처음부터 다시 시작하고 싶다는, 그러니까 최초의 만남부터 되짚어 내려오면 둘의 잠자리마저 가능해질 거라는 불가능한 소망의 표현이 아니겠는가? 예정된 파국을 되돌려, 둘 사이의 육체적, 정신적 간극이 봉합될 수 있기라도 하듯. 불가능한 만남(만날 수 없는 자와의 만남)을 보여 주는 대표적인 표상이 마네킹이다.

  마네킹 하나가 허공에 시선을 던진 채 서 있다. 공허한 시선이다. 벌거벗은 마네킹의 몸이 조명 아래 탐스럽게 빛난다. J는 마네킹 앞으로 다가가 순찰시계와 휴대용 전등을 내려놓는다. 뱀파이어처럼 입을 크게 벌려 마네킹 목을 무는 시늉을 한다. 마네킹을 끌어안고 한 손으로 엉덩이를 쓰다듬는다. 마네킹의 유방에 입을 맞춘다. 서늘한 기운이 입술로 전해져 몸을 훑는다. 아랫도리가 고개를 든다. J는 서둘러 허리띠를 푼다.
  이봐 뭐 하는 거지?

─ 「뷔통」, 178∼179쪽

  한밤의 저 공허한 섹스의 시도는 '나'에게 어떤 만남의 가능성도 봉쇄되어 있다는 것을 암시한다. 심지어는 저 행동을 말리는 말("이봐 뭐하는 거지?")을 하는 이마저 다른 마네킹이다. 그러나, 혹은 그럼에도 불구하고 저 마네킹의 "서늘한 기운"은 'J' 에게 전해진다. 마네킹이 특별한 물성(物性)을 갖고 거기에 존재한다는 점에서 이 불가능성은 그 자체로 가능성이 된다. 게다가 실제로 저 만남은 뷔통의 주인이었던 그녀에 대한 표징이었다. "J는 경비실 너머로 춤을 추는 여자를 흘끗 훔쳐보곤 했다. 12월의 추운 날씨에도 불구하고 여자는 흰색 부츠와 핫팬츠, 배꼽티를 입었다. 팔등신의 마른 몸과 긴 생머리, 유독 작은 얼굴을 가졌다. 춤을 추고 있지 않았다면 백화점 마네킹과 얼핏 구분이 되지 않을 정도였다."(171쪽) 마네킹은 이제 마네킹 '같은', 마네킹'처럼'의 형식으로 '나'가 타자와 만나는 형식이 된다.

　　움직임 없이 항상 같은 자세를 유지하는 상동증 (常同症)이라는 증세까지 더해져, 인근 옷가게에서 내다 놓은 마네킹과 곧잘 혼동이 될 정도였다.
　　　　　　　　　　　　　　　　──「개와 늑대의 시간」, 143쪽

　　이미 사후경직이 진행된 후라서 어머니의 시신은 마네킹처럼 딱딱하게 굳어 있다.

—「개와 늑대의 시간」, 149쪽

선 채로 미동도 없는 아내, 해부대 위의 어머니
란 상호적이지도, 정상적이지도, 올바로 만나지지
도 않고, 만남이 지속되지도 않는 타자가 분명하
다. 그럼에도 불구하고 타자의 그 타자성만큼은 분
명하다. 바로 거기에 마네킹과 같은 물성을 간직한
채 존재하고 있기 때문이다.

3 불화(不和)들의 조화

이 세계가 조화를 결여하고 있다는 것은 분명하
다. 소설 곳곳을 가득 채우고 있는 비린내, 구린내,
역겨운 냄새, 악취, 노린내, 술 냄새, 향신료 냄새
등은 이러한 부조화의 표징이다. 이 냄새를 맡을
때마다 인물들을 구역질을 한다. 세계와 불화하고
있음을 보여 주는 몸의 자연스러운 반응이다. 인물
들이 체화하고 있는 증상은 구역질만이 아니다. 몸
이 겪는 모든 증상과 부자연스러움, 예컨대 뇌성마
비(「관흥국」), 원형탈모와 뇌종양(「뷔통」), 시도 때도
없는 발기(「겨울 사원」), 안구건조증과 상동증(「개

242

와 늑대 사이의 시간」), 말더듬증(「틈」), 소뇌위축증과 구마비(「라리루레로 파피푸페포」)가 모두 인물과 세계와의 불화, 엇갈림, 착란, 무능력, 도착을 표현한다. 요컨대 그것들은 세계와 조율되지 못한 인물들의 내면이 몸의 울림으로 나타난 것이다.

그렇다면 이 소설의 세계는 한 치 앞도 내다보지 못하는 극도의 혼란만을 가시화한 것인가? 그렇지는 않다. 각각의 불화는 그 자체로 어떤 유비도 허락하지 않지만 모든 인접성을 차단했을 때 드러나는 저 격렬한 반응들만은 서로 닮았다. 사막의 모래가 모래를 닮듯이, 바다의 파도가 파도를 닮듯이, 무질서는 무질서를 닮는다. 주체와 세계는 서로를 유비하지 않지만 주체에게는 주체의 폐허가 있고 세계에는 세계의 폐허가 있다. 둘은 서로 닮지 않은 폐허로서 닮았다. 이것을 불화들의 조화라고 불러도 좋지 않을까.

J는 머리를 거울에 갖다 대고 머리카락을 쓸어 넘긴다. 소주잔 크기의 희고 둥근 모양이 거울에 비친다. 갑작스레 나타난 탈모 증상이었다. J는 머리 한가운데 푹 꺼진, 흰색의 환부가 어쩐지 인터넷상에서

본 적 있는 싱크홀 같다는 생각을 했다. 지상의 것을 일거에 삼켜 버린 채 침묵하는 텅 빈 공간. 한참 후에야 병원에 갔을 때, 의사는 탈모가 중요한 게 아니라며 뇌의 시티 촬영 사진을 보여 줬다. 의사는 조속한 수술 치료가 필요하다는 말을 덧붙였다. 컴퓨터 화면에서는 10원짜리 동전만 한 흰색 덩어리가 성운처럼 빛나고 있었다.

—「뷔통」, 167쪽

J의 원형탈모는 그의 뇌 속에서 자라는 종양과 같은 모습을 하고 있다. J의 외면에 드러난 "텅 빈 공간"은 내면에 자리한 "흰색의 환부"와 상동적이다. 단 폐허라는 점에서. 그런데 그가 숙식을 해결하는 문 닫은 백화점도 사정은 다르지 않다.

건물은 신도시 한복판에 위치하고 있다. 백화점은 무분별한 사업 확장으로 자금난을 겪고 있었던 데다, 증축 공사로 인해 균열이 생기면서 치명타를 입었다. 결국 3년 전 최종 부도 처리되었다. 아직 건물 소유를 둘러싼 법적 분쟁이 정리되지 않은 상태다. 건설 브로커들에 의해 숱한 개발 계획이 세워지기는 했다. 그러나 대부분 수익성을 이유로 도중에 계획을 철회했고 일부는 사기사건에 휘말리기도 했다. 건물의 터가 좋지 않을 뿐더러 언제 무너질지 모른다는 흉흉한 소문이 돌았다. 보조 공사가 늦어지면서 건물은 왼쪽으로 조금씩 기울고 있다.

—「뷔통」, 168~169쪽

2층 여성복 매장으로 올라 전등 스위치를 올린다. 순간 선도 면도 느낄 수 없는 흰색 그 자체로 빛나는 거대한 큐브 속에 들어와 있는 듯한 착각에 빠진다. 2층 매장은 바닥과 벽면 내장이 모두 흰색 인조 대리석으로 치장되어 있다. 천장도 표면이 매끄러운 플라스틱 재질의 흰색이다. 어둠이 새어 드는 창문 따위는 없다. 곳곳에 나체의 마네킹이 서 있거나 쓰러져 있다. 옷걸이가 마네킹의 머리와 함께 뒹군다. 한쪽 편에는 미처 팔지 못한 옷들이 아무렇게나 쌓여 있다. 그 위로 하얀 가루가 내려앉았다. 얼마 전에 천장 타일이 떨어져 내리면서 생긴 거였다.

—「뷔통」, 174쪽

백화점의 내력은 집 없이 떠도는 J의 인생과 다

르지 않다. 무너져 가는 건물의 외양은 곡기마저 끊고 말라 가는 그의 외양과 유사하고 "흰색 그 자체로 빛나는" 텅 빈 2층 매장은 그의 머릿속에서 자라는 내부의 "흰색 덩어리"와 같다. 말하자면 인물과 세계는 어떤 방식으로도 조화를 이루고 있지 않으나 바로 그 불화의 형식으로서 동일한 운명을 배당받는다.

  당신은 저 고양이 같은 존재군요.
  아자즈의 손이 가리키는 곳에 고양이 한 마리가 웅크리고 있었다. 오드아이를 가진 고양이었다.
  —「거울 사원」, 50~51쪽

  '그'는 케밥을 파는 파키스탄인 '아자즈'와 대화를 나눈다. '그'는 한국인 건설노동자인 아버지와 이란인 어머니 사이에서 태어났다. 그는 지금 게이 바에서 일하고 있다(그가 실제로 동성애자인지는 밝혀져 있지 않다). 따라서 그는 가계(家系)에서도, 성 정체성에서도 이질적인 것이 동거하는 인물이다. 아자즈가 말한 오드아이 고양이처럼, "오른쪽 눈은 밝은 갈색이고 왼쪽 눈은 사원의 청동 돔처럼 푸르다."(37쪽) 그뿐만이 아니다. 파키스탄인 아자즈는 이슬람이지만 이슬람이 아니다.(정확하게는, 이슬람 문화권 사람이지만 무슬림은 아니다.) "내 안에 알라 없어요. (……) 나는 게이입니다. 알라는 나를 용납하지 않습니다."(48~49쪽) 그러니까 아자즈 역시 오드아이였던 셈이다. 아자즈는 세 명의 무슬림 사내들(서울에 먼저 들어온 "친형 둘과 사촌 형"으로 보인다.)에게 명예살인의 대상이 되어 병원에 실려 가고 그는 아자즈의 집에서 오드아이 고양이의 토막 난 시체를 발견한다. 고양이를 키우던 주인 여자가 그에게 관심을 보였다는 이유로 아자즈가 벌인 짓이다. 아자즈 역시 자신이 죽인 오드아이 고양이의 운명을 타고났던 것이다. 그와 아자즈와 오드아이 고양이는 제 몸에 불화를 구현하고 있다는 단 한 가지 이유로, 다시 말해 제 안에서도 이질성을 지니고 있다는 비공통성만으로 서로가 서로의 닮은 꼴이 된다.

4 우연들의 필연

이런 세계에서 일어나는 일들, 이런 세계에 사

는 인물들의 행동에서 어떤 인과성이나 목적성을 발견할 수는 없을 것이다. 원인과 결과가 짝을 이루고 시작과 끝이 맞물리는 일을 사건이라고 부른다. 원인이 없거나 결과가 잇따르지 않는 무작위, 무목적의 일을 사고라고 부른다. 어떤 행동이 특별한 목적을 가진 것으로 간주될 때 그 목적을 의도라고 부른다. 행동에 특별한 목적이 발견되지 않을 때 그 행동은 무의미한 것으로 간주된다. 실로 이 소설에서 일어나는 일들은 사고이고 이 소설에서 인물들의 행동은 무의미에 가깝다. 우연성은 일반적으로 소설의 플롯을 훼손하면서 이야기를 무의미한 에피소드의 집적으로 만든다. 소설의 모든 에피소드는 일종의 소우주다. 전체의 이야기를 낱낱의 부분에서 때로는 사건으로, 때로는 이미지로, 때로는 대화로 반영하거나 재반영하기 때문이다. 사고는 어떤 징표도 없이 가시화되는 우연의 얼룩이다. 그것이 필연의 자리로 환원될 수 있을까?

　　—아이고 저놈이, 저러다 큰일 나지.
　　인라인스케이트를 타고 있는 창민이를 발견하자 여자가 서둘러 문을 열고 나가며 말했다. 창민이는

신호를 받고 있는 자동차 사이를 마치 곡예를 하듯
빠져 나오고 있다.

———「개와 늑대의 시간」, 142쪽

약국에서 '나'와 대화를 나누던 창민 엄마는 창
민을 멈춰 세우기 위해 서둘러 나간다. 이곳은 특
별히 위험한 곳이 아님에도 불구하고 사고가 잦은
곳이다. "사람들은 이 거리에 지박령(地縛靈)이 있
다고 했다. 먼저 죽은 영혼이 다음 희생자가 나올
때까지 이 거리에 붙박여 있다는 것이다."(121쪽)
앞에서도 말했지만 이 신은 불가지의 지식에 지나
지 않는다. 왜 그런 사고가 잦은지 도무지 알 수 없
으니 말이다. '지박령'은 '도무지 알 수 없음'의 신이
다. 그리고 바로 그날 오후, 바로 그 자리에서 창민
이 트럭에 치여 죽는다. 그렇다면 창민 엄마의 혼
잣말은 신적인 앎의 누설인가? 다시 말해 도무지
알 수 없는 무작위적인 재앙인가? 아니면 플롯의
진행상 앞서 던져진 복선인가? 그러니까 우연의 이
름으로 다가온 예정된 파국인가? 둘 다 아니다. 그
저 두 개의 우연이 인접해서 발생했을 뿐이다. 그
것은 정확히 말해서 예기나 예언이나 누설이 아니

라 반복이다.

　내 시선과 마주치자 아내는 얼굴을 일그러뜨린다. 눈알 흰자위가 충혈된다. 동공이 크게 열리며 입에 거품을 문다. 이루 말할 수 없는 고통이 지나가는 듯하다. 아내가 풀썩 주저앉는다. 고개를 숙여 치마폭으로 손을 넣는다. 질퍽한 핏덩이를 꺼내 든다. 아내의 몸이 와르르, 무너진다. (……) 핏덩이가 꿈틀댄다. 마치 되감기 버튼을 누른 듯 질퍽했던 피가 빨려 들어가고 팔과 다리와 머리가 제자리를 찾아간다. 일그러졌던 얼굴이 바로 펴진다. 눈알이 들어가고 코가 바로 서고 입이 돌아온다. 벌거숭이 아이가 일어선다. 나를 닮은 아이가 까만 눈을 빛내며 웃고 있다.
　　　　　　　　—「개와 늑대의 시간」, 158~159쪽

　동일한 바로 그 자리에서 '나'의 아내와 민호가 동일한 사고를 당해서 민호는 죽고 아내는 외상 후 스트레스 장애(후에 조현병으로 발전한다.)와 상동증을 얻었다. 미동도 없는 아내는 사고를 겪기 직전에 멈춰 있었다. 그러다 다른 아이가 같은 사고를 당한다. 그러니까 아내에게는 죽은 민호가 거듭해서 죽는 셈이다. 그제야 아내는 자세를 허물고 주저앉고 (아마도 상상의 장면이겠지만) 유산한 아이를 몸 밖으로 꺼낸다. 우연이 필연으로, 무의미가 의도로, 사고가 사건으로 바뀌는 방법이 여기에 있다. 반복. 모든 일은 한 번만 일어나지 않는다는 것. 소우주는 대우주를 반영한다. 사고는 거듭해서 일어난다. 사고는 앞의 사고를 반복함으로써 사건이 된다. 「틈」은 저 아이, 즉 죽은 아이의 시선으로 쓴 반복이다.

형이 죽었을 즈음, 엄마는 배 속에 내가 자라고 있다는 사실을 알았다. 아빠는 형이 다시 이 세상에 온 것이라 믿었지만 엄마는 형 목숨 값으로 내가 대신 온 것이라 했다. 엄마는 갓난아이인 나를 아파트 베란다 밖에 던져 버리려고도 했다. 놀란 아빠가 달려가 허공에 걸려 있던 나를 받아 왔다.

　　　　　　　　　　　　　　　　　　　—「틈」, 113쪽

「틈」에서의 형은 수영장 바닥의 배수구에 발이 끼여 죽었다. 그러나 사고의 원인은 그다지 중요한 것이 아니다. 중요한 것은 형이 죽고, 동생인 '나'가

251

형과 교대하여 이승에 왔다는 것. 이 이상한 지식 (동생이 형의 목숨 값으로 지상에 도착했다는 앎)을 되돌리기 위해 엄마는 '나'를 죽이려고 하고 (그것이 남편에 의해 좌절되자) '나'에 의해 죽임을 당하려 한다. 이 불가지의 앎은 사고의 형식으로 반복된다. 이로써 우연은 필연의 회로 안으로 들어온다. 딸깍.

00 폐허의 아데콰티오

김개영 소설의 네 가지 불가능성을 살펴보았다. 세계에 대한 불가지적인 지식, 타자와의 불가능한 만남, 세계의 원리로서의 불화들의 예정조화, 세계 시간인 우연들의 필연적 반복들. 이 네 가지 불가능성은 각각 어머니, 마네킹, 고양이, (교통)사고라는 표징들을 갖고 있다. 이 소설집에서 그토록 자주 만신과 질병과 장애와 목격자 진술이 나오는 것은 그것들이 이런 세계상의 표현형이기 때문이다. 물론 이 소설집에 상징이 없는 것은 아니다. 「관흥국」, 「개와 늑대의 시간」, 「틈」, 「거울 사원」 등이 그런 예다. 그런데 그 상징은 얇고 투명해서 무지의 앎 속에서 금세 찢기고 만다. 결국 이 상징들도 폐허의 한 구성 요소가 되는 셈이다.

나는 이 작가의 다음 세계가 바로 이 상징들의 폐허 위에 건축될 것이라고 생각한다. 상징들의 폐허란, 상징들의 관할권을 인정하지 않는 영토를 말한다. 상징은 이것과 저것을 잇고, 낮은 곳과 높은 곳을 연결한다. 그러나 상징들의 연통(聯通)은 실제의 세계를 가리는 허구의 스크린 같은 것이다. 매끈하게 마름질된 그 장면 위에 이것과 저것이, 낮은 곳과 높은 곳이 질서를 갖춘 채 현시되지만, 그를 통해 설명되는 것은 아무것도 없다. 김개영은 바로 그 허구를 찢고 불가지와 불가능과 불화와 우연을 제시한다. 세계를 세계 자체로 드러내려는 것이 아니겠는가. 따라서 이 작가의 다음 세계가 이 상징들의 폐허 위에 건축될 것이라는 점은 자명하다.

김개영

강원도 고성에서 태어났다. 동국대학교 국어국문과를 졸업하고,
동 대학원에서 박사 학위를 받았다. 2013년 《문예중앙》 신인문학상
을 수상하며 작품 활동을 시작했다.

거울 사원

1판 1쇄 펴냄 2018년 3월 26일
1판 2쇄 펴냄 2018년 11월 26일

지은이 김개영
발행인 박근섭, 박상준
펴낸곳 (주)민음사

출판등록 1966. 5. 19. (제16-490호)
서울특별시 강남구 도산대로1길 62(신사동) 강남출판문화센터 5층
대표전화 515-2000 팩시밀리 515-2007
www.minumsa.com
ⓒ 김개영, 2018. Printed in Seoul, Korea
ISBN 978-89-374-3683-3 03810

※ 이 책은 2016년 서울문화재단 문학창작집 발간지원사업의 지원을 받아
   발간되었습니다.